# 書鄉長短調

黃碧端著

三民叢刊58

三民書局印行

# 自序

黃碧端

整理這些跟書有關的舊文新稿的時候，心情上眞不無幾分歲月不居的感覺。

這些文字，前後寫了十六年。十六年間，從還在北美的威大寫博士論文，到去了印地安那大學任教，到回國駐足西子灣畔的中山大學，到如今回到我成長地的臺北，行跡數易、人事無常。回頭看看，不變的倒還是留下的文字。文人視文章爲「不朽之盛事」，也許只是面對逝者如斯，無可如何之際的自我安慰，出於同樣的自我安慰。十六年來自己在新舊典籍頁次之間的這些思考紀錄，或者也算是一個讀書人挽留時間的一點努力吧。

這書裡最早的部分收在一百七十一頁之後，其始是當時《聯合報》的瘂弦主編和《中國時報》的高信疆主編紛紛催促寫些海外書介，幾篇之後瘂弦乾脆開了一塊專欄給我，稱「漢學談片」，以介紹海外與中國研究有關的新書爲主。寫這些文字，在那些趕論文、忙教學的枯燥和異國的鄉思之中，幾乎成了情緒上的調劑。不過，寫到一九八〇年的秋天，我決定返國任教，這些書介也就劃上了休止符。評 Michael Sullivan 的中國山水畫史的〈永恒的象徵〉刊在我返抵國門的當天，像是瘂弦給一個久羈異地的遊子回家的禮物，我自己，也自此告別了這一類彷彿安慰鄉思的作品。這些當時的新書隔了這麼多年當然已經不新，但所談的問題大體仍在，所評的書也多半仍在各自的學術範圍內有其重要性，收在這兒，相信對有興趣瞭解海外的中國研究的朋友，仍有一點參考意義。

回國後歇了幾年筆，不久《聯合文學》創刊，找我參加「責任書評」的筆陣，其後分別是這幾年報刊讀書版面的增設，各路編輯先生女士不時催促要稿，加上我自己的每週專欄，時論之外也少不了有時拿書做題目，這些文字收在本書的前五分之三篇幅裏，大略分爲「文學隨筆」和「新書短評」兩類。

我是個從上幼稚園初識文字起就和書結不解緣的人，但是，若非被逼著催著，恐怕永遠只是個述而不作甚至不述不作的人。因此，在把多年的談書文字收輯成册的此時，我得對邀約出書的三民書局和前前後後的許多出版界的催稿朋友說一聲由衷的謝謝。要道謝，卻又不能不想起在威大的劉紹銘教授。他在十五、六年以前就開始扮演許多後來的催稿人的角色，手上往往拿到新書就往我手裏一塞，催促月旦；甚至知道我習於深夜工作，還禁止朋友在中午以前打電話「吵」我。我這個當年好議論的學生會走上後來災梨禍棗的「歧途」，劉先生對一個後進的曲意呵護不能不說是一大原因。

書裏還有幾篇附錄，是當年文字刊出後的一些回應以及若干我自己的再回應。這些文章以原面目刊出，也是保留著一些我自己少不更事時期的「面目」和好詰喜辯的早年意氣。謝謝彭歌、水晶、魏子雲和周陽山諸先生，慨允將他們的文字回應收入集中，四位先生中有兩位我至今未曾謀面，是名符其實的「神交已久」。

這本書的編排體例是三個部分中各自「倒序」而列，晚出者在前。全書的最後一篇，討論康達維（David Knechtges）教授的揚雄賦研究的一篇，因此也是全書面世最早的一篇。康教授是另一位互有回應而不曾謀面的學者。他的大文因爲遍尋不獲，遺憾無法一併刊出。

書成，覺得應該「獻給」家裏的另外一大一小兩個書癡，我寫過的書從來沒興獻給什麼人的念頭，也同意錢鍾書說的獻書無非一種「精巧的不老實」——因爲再怎麼「獻」，書終久還是自己的。不過，我的這兩個家人，永遠在買書啃書，永遠弄得一屋子狼籍，這樣的習性，使得我這個做妻子和母親的，埋首書堆時充分心安理得。這本小書，因此且作爲他們一屋狼籍之中新添的一册吧。

一九九三、五、四

# 書鄉長短調 目次

## 輯二／新書短評

## 輯三／域外書介

# 文學隨筆

## 輯一

# 讀書與讀光碟

有一種人，在英文裏被叫做「會走路的百科全書」（walking encyclopedia）或會走路的字典什麼。相對於這樣的名稱，我差不多覺得自己像是個「會走路的書櫥」。

會走路而只是書櫥，不是全書、字典，當然意謂只有負重之苦，沒成就飽學的光圈——然而飽學而至於成百科，這在知識分工細如核子微粒，知識爆炸的威力又轟頂而來的二十世紀當代，本來也只能當誇大的獎飾看，眞還讀讀書的人也就知道，這樣的光圈，全世界沒有幾個人頭上當得起。

十幾年來，我不斷在搬書，從這個書架書櫥到那個書架書櫥。從國外搬回國內，從居所搬辦公教書場所，從臺北搬高雄，從高雄搬臺北……生活的歷程，竟也幾乎可以簡化成爲搬書的歷程。而沒有任何一次搬遷曾是一個「完成」。回國的時候，一屋子書運的運送的送寄的寄，還留下大批佔據著熟朋友們的屋角和地下室，成爲每回赴美時附帶得處理的舊債。而新書仍不斷在進駐；每一天在家和研究室之間的往還，每一回在臺北高雄、在國內和國外之間的往還，也都同時是無止盡的搬書的過程。其結果是每一個我用得到的空間都書滿爲患。研究室是滿的，高雄的家是滿的，在臺北的家也是滿的。我在生活上多少是亨利梭羅的信徒，相信自己可以過極簡單的生活而不覺匱乏，但像這樣被自己日積月累不斷搬運的書弄得其他的生活空間日日縮減，卻無論如何不合梭羅的原則，也足爲自己的生活信念的嘲諷。

前兩個月，痛下決心持續地清出一批批書，有些捐作義賣，有些送給圖書館。少不了也是個搬運托送汗流浹背的過程。然而在自覺已經大批出清的時候，舉目四顧卻差不多是文風不動。因爲架上騰出來的空間立刻有本來在床頭的可以進佔，床頭空出來有床側地上的進佔，而床側的空檔立刻又有新進的書堆放起來……依然是滿目壅塞，依舊是走路隨腳會踢到書的窘境。

對像我這樣，會走路的、勞苦的「書櫥」，這兩天讀到的一則新聞應該是很教人興奮的：大前年（一九八九）出版的「OEDⅡ」，《牛津大字典》第二版，最近剛剛完成了光碟片版本。原本重六十二公斤，要佔據一公尺長的書架的整套字典，現在一張厚不過幾厘米的光碟片便全部容納了；書本版兩千七百五十美金的訂價，如今買光碟片也只要八百九十五美元。前不久也聽說中研院把整部二十五史製成了光碟。這些消息都表示，負重的搬書人只要願意換一個閱讀形式，以後空間、財力和勞苦的負擔都可以大爲減輕。我的藏書中，一版《牛津大字典》和全套二十五史都有，它們的價格和重量當然也不待想像。「光碟化」的消息等於說，我所有這些把自己逼得沒多少容身之地的書，變成光碟的話，一個櫃子就解決了，要搬麼，隨身的提袋就可以抵過幾書橱，勞苦呢，全省了。

我預計自己不久就會成爲光碟書的使用者，在路上「搬」再多的書也沒有人會注意。遺憾的也許是，以後我們也漸漸看不見誰是擁書四壁的讀書人了，也漸漸減少了摩挲一本精美或悅目的好書的樂趣了——正在讀光碟二十五史的人，和正在作電腦繪圖的人或正在跟電腦下棋的人，初初看去，恐怕沒什麼分別呢。

一九九二、七、二十六《聯合報》聯合副刊

# 在娛樂和嚴肅之間

## ——漫說科幻

希臘諷刺作家魯先(Lucian, c. 120～200)在西元二世紀就寫過一本滑稽的星際大戰書，其中日月星球上的人各自騎著大鳥和昆蟲，打得天昏地暗。魯先自謂親歷其事，書名因此叫《眞實的歷史》（*Vera Historia*）。這樣的事，當然，魯先說，沒有人會相信。親愛的讀者，你們也不要信。可是，運動選手不是都要在賣力操練之餘換不同的事情做做，輕鬆輕鬆麼？他說，用腦的人，在讀嚴肅的書之餘，當然也該讀逗趣的東西調劑一下。

魯氏的言下之意當然是說，《眞實的歷史》一書是寫來逗趣的，他自己，在他的時代兼有詩人、小說家、思想家之名，也是西方諷刺對話文體的開山者，基本上還是嚴肅的時候居多，魯先沒有料到的是，這本逗趣的書，在一千八百年後科幻小說逐漸變成重要文類的時候，常被引爲科幻文學的始祖。而科幻，由於以奇想（fantasy）爲主，當然易於「娛樂」，多半的科幻小說也確實以娛樂逗趣爲要務，這使得它在和聲光媒介（電影電視）結合後，更加聲勢不凡。近二十年來，美國大學的英文系開設科幻小說的課程已經日趨普遍，可以說，科幻文學已經寖寖然躋身嚴肅文學的殿堂，爲學院所接受認可了。

不過，嚴格來說，所謂的科幻小說，是近百年來科技的快速發展拓展了人類的思考領域，引發了人對未來以及不同的空間世界的想像，才大量產生的。近代意義的科幻文學，因此往往要從十九世紀後期的佛恩（Jules Verne, 1828～1905）和威爾斯（H. G. Wells, 1866～1946）算起。

喜歡科幻電影的人，對佛恩不會陌生，因爲已經成爲經典的「地心歷險記」、「環遊世界八十天」等膾炙人口的電影就是從佛恩的小說改編的。

威爾斯除了寫科幻，還是社會學者、政治評論家，全面的成就遠超過佛恩，但他顯然不及佛恩有趣，他的科幻讀者也不像佛恩的歷久彌「多」。成功的科幻作品，顯然必須是有趣的想像加上有趣的知識，而且運用了有趣的表達才能克竟其功。和佛恩同時代的一位英國小說家巴特勒（Samuel Butler, 1835～1902），一向只被當作烏托邦作家，他的小說裏的科學想像有趣極了。但因爲板著臉寫，沉悶而嚴肅，幾乎沒有人拿他當科幻作家看。巴特勒的有名的烏托邦小說叫 *Erehwon*（nowhere「無處可尋」一字的倒寫），可以翻爲《烏有鄉》（要照原名的體例，則叫「鄉有烏」也可以）。書裏的主角去到了烏有鄉這個國度，巴氏透過他的眼睛著力寫那兒的風土人情、生死觀、宗教信念、思考推理的方式……主要用意自然在寄託對自己的社會的針砭諷諫。古來烏托邦作者率皆類此。

可是《烏有鄉》裏還有兩個專章，叫〈機器之書〉（Book of the Machines），非常「科幻」。但討論到《烏有鄉》的人往往指出這部分受了達爾文進化論影響後便匆匆打住，有的更直陳其文體的繁冗難以卒讀，反正都沒拿它當科幻看。巴特勒也是個業餘的生物學家，達爾文的理論認爲萬有的物種，包括人這麼高等的生物，都是從億萬年前的一個單細胞物質演進而成的，這說法大大吸引了他，但是巴氏不能忍受以純生物理論來解釋人的形成，這置人類的心靈於何地！於是，一如他把烏有鄉裏的許多社會制度和人情風俗特別設計得乖離荒謬來凸顯英國社會的問題，他把烏有鄉的科學理念也設計得乖離荒謬，以爲如此可以凸顯達爾文的錯誤。

〈機器之書〉其實便是一個思辯周密的機器進化論，巴特勒用了全套的詭辯策略，加上各種生物現象的佐證，證明機器跟有機生物無異。它有意識，有感情，有耳目知覺，能支使人竭盡所能爲它的日趨完美而服役；機器，並且還是能生殖能飲食能代謝的……它的進化完成之日，也就是人類毀滅之時。這個一步步進化完成的機器國，也成了人類的科幻夢魘。

〈機器之書〉雖然繁冗難以卒讀，倘若卒讀了，卻不能不爲其中辯證的嚴密和想像的奇突而拍案稱絕。巴特勒與達爾文同步演繹，構建反諷，想要指出進化論的荒謬，他不一定預見的是，自己也寫成了一個準確度可能很高的預言，《烏有鄉》寫成後百年，機器的演進已經越來越像當初巴特勒描繪的夢魘，而人類仍在竭盡所能地幫助它進化……。

一千八百年前的魯先說，不要總是嚴肅，逗逗趣吧。但巴特勒卻總是嚴肅的，雖然他的趣味正在嚴肅之中。佛恩也是能逗趣的，威爾斯卻嚴肅。所有人類的創作氣質，大概都可以這樣二分，至於爲什麼，進化論不能告訴我們，似乎也還沒有一個科幻作品想試圖解答。

也許科學到底還是對心靈無力的，如巴特勒所謂者然。

一九九二、三、一《中國時報》人間副刊

# 從「恨人類者」司威夫特說起

寫《格列佛遊記》的司威夫特（Jonathan Swift, 1667~1745）大概是文學家當中最有名的「恨人類者」（misanthrope）。

一七二五年，司氏完成了《格列佛遊記》的定稿，正在找看有哪個「不怕倒楣」（brave enough to venture his ears）的出版商肯替他印行。這年的九月二十九日，他寫了一封信給詩人頗普（Alexander Pope），信裏提到這書的完成，還留下一段後世常見引用的名言：

> 根本上，我憎恨那種叫做人的動物，雖然個別的約翰、彼得、湯瑪斯等等，我倒是眞心愛著的。……我寫的遊記，便是建構在這憎恨人類的大基礎上——雖然不是泰蒙（Timon）的那種恨法。——而除非有日所有誠實的人都跟我抱著同樣的意念，我的

心是得不到平靜的。

當然我們記得，司威夫特藉了他筆下格列佛一程程的海外怪異國度的經歷，大展其諷刺才華。對人類極盡挖苦之能事。不過，砲火對著的，主要自是他最切身也最觀察入微的英國政界。有一程格列佛到了大人國，成了國王掌上玩偶樣的迷你小人。好奇的大人國國王殷殷問起英國的國會選舉、司法、財政種種制度運作，再問起百年來的歷史事件，格列佛一一據實道來。國王驚異不置，發現格列佛來自的世界竟是爭鬪殺伐爾虞我詐的總合。聽到最後，這國王鄙夷而又憐憫：「在這世界上的所有生物中，我不能不說，你的同類眞是那猥瑣可憎的蟲豸之極致了。」

在一處接一處的遊歷中，格列佛終於到了一個由理性的馬所統治的國度，這個國度示範了司威夫特的理想——因爲依憑理性行事，馬國的國民不犯過，免於卑下，因而有著本質上的健康和自由。但司威夫特也沒有放棄在最後給人類致命的一擊：在馬國，服賤役拖車載重的是一種人形的叫魘虎（Yahoo）的動物，他們剛好具備了司氏憎恨的所有人類的貪饞可鄙。等格列佛終於結束遊歷回到英國，他發現自己已經無法與周圍的「魘虎」同羣，而寧願和廐中的馬匹爲伍。

我們若以爲司威夫特既然厭恨人類至此，必是冷漠厭世之徒，這樣想卻又錯了。司氏終其生都是熱腸子的人，爲他的故土愛爾蘭奔走，在當時英國的「兩黨」起落中扮演舉足輕重的角色，在宗教和政治兩方面都是改革者而不是旁觀指摘，憤世而已。

這樣的「厭恨人類」法似乎在我們的文化中難找到足堪比擬的類型。便在西方，這「恨人類」原來也是有許多種的。跟前面提到的司氏給頗普的信相關的，湊巧得很，除了司氏之外，就另外有兩「型」——頗普也多少是個恨人類者，至於信中特別聲明的「不是泰蒙的那種恨法」的「泰蒙」又是一類。頗普是早慧且才情縱橫的詩人，但卻做過不少欺世背友的事，受過害的也包括了司威夫特。頗普自幼身體殘疾，史家一般認爲他的背德是因自己的不幸，心理不能平衡之故。在同一封信中，司氏頗引頗普爲恨人類的同道，當然並沒有料到頗普塡恨之法不同，自己日後也要吃他的虧。

泰蒙則是古希臘雅典城裏最樂善好施的鉅富，不料千金散去，舊日受惠的人一夜之間盡成陌路，泰蒙於是一變而爲恨世者，玩世不恭，詛咒蒼生。泰蒙是文學中恨人類者的「原型」，從他的故事衍繹出來的文學作品最有名的該是莎士比亞的悲劇《雅典的泰蒙》（*Timon of Athens*）。在莎氏的版本中，絕望憤世的泰蒙最後離羣索居，孤獨而死。

離羣索居的恨世者也有未必是親歷炎涼冷暖而變成的。法國劇作家莫里哀在他的名劇《恨人類者》(*Le Misanthrope*, 1666) 當中就創造了一個本性高貴，因而見不得人間的虛僞奉承伎倆的人物。莫里哀寫的是一個喜劇，卻留下一個悲哀而引人低廻的結局：恨人類的男主角偏偏愛上了一個聰敏然而世俗的女子，因而掙扎於理性的不應愛和感情的無法不愛之間。女主角最後雖識得這厭恨人類者的眞誠，接受他的愛情，卻並無法放棄虛僞庸俗的世界，痴心的恨世者只能獨自隱遁。

莫里哀寫成了一個悲哀的喜劇，彷彿暗示了恨世者沒有眞正的喜劇。司威夫特則曾在給他相戀了一輩子的女友 Stella 信中坦承，「我們因爲毛病相同，因此相悅。」司威夫特的故事，看來倒不是恨世者愛上了不相同的人，然而，他們兩人的故事也不是喜劇——司威夫特終生未婚。

當然恨人類者本來就不期望喜劇，當司威夫特說他眞心愛著芸芸眾生裏的約翰彼得時，他期望的，不是喜劇。

一九九二、一、二十六《中國時報》人間副刊

# 再說「誰的英文好」

許多年前在專欄裏談過一個問題，題目叫〈誰的英文好〉，起因是報上有人憑一個英文字的中譯高下，率爾品評兩位已故的英文界前輩是「某人的英文比某人好」。

這種輕率的一字之褒貶，對被目爲英文「好」的人是不虞之譽，對被指爲「不好」的人是求全之毀，即使跟當事人實際的高下偶合，這評斷本身便犯了既懵懂於語言的性質，也不知尊重專業的毛病。

這兩日偶讀史紫忱老先生的新書《自我與天地》，史先生談到他經手過的一樁故事，當中牽涉到幾位英文譯家。事情的始末，隔了三十多年，史老先生述來仍覺一頭霧水，自謂是「壓在胸中的一塊沉重的抱歉石頭」，我讀後拍案，忍不住想舊調續彈，仍來說說「誰的英文好」。

史先生的故事大致是這樣的：三十多年前「亞盟」第一次要在臺灣召開，當時的教育部長張其昀忽然在會前五天奉到先總統蔣公的指示，要編一本《五年來的自由中國》畫册，以分送與會外賓，作國際宣傳。張部長當天便把這急事交給史先生，因爲當時史先生正主編《中國一周》，手邊較多現成資料。

史先生於是會同各路人馬，要在四天半的工作天中編出一本中英對照的自由中國畫册。畫册序文是張其昀部長寫的，張部長屬意由徐鍾珮女士英譯，但聯絡結果徐以時間太趕婉拒，工作人員於是連夜再送北投的一位趙唐理女士，趙女士（還是唐女士？）慨允次晨六時交稿。但是，當晚稿子還在趕譯中，張部長一聽是某人在譯，急呼這一下「全軍覆沒」了，吩咐速速改由當時的國際文教處長曹文彥譯，曹也同意並在次日中午交稿。

這樣火急趕成的文宣，究竟品質如何，今天當然不得而知，不過工作人員的辛勞緊張則可以想見。但眞正有趣的是那「英譯」的後續發展：這書的淸樣打出來後（大概是第三天），送了三份給三位相關主管，請求審核，其中包括了中央通訊社的社長曾虛白。當夜十時，曾社長來電話，說序文英譯太差，會使全書「馬失前蹄」。史先生一聽，急忙又託曾社長轉請該社的記者曾恩波另譯，拿到曾譯後連夜改版，才算全書底定。

史老先生是位有責任感的人，也許也好奇，不明白何以趙唐理的英譯會「全軍覆沒」，曹文彥的又會「馬失前蹄」，於是將趙、曹的譯稿送請「陳立夫先生很佩服的一位精通英文的羅時實」品評。羅先生的品評結果是趙譯「有英國古典文學氣氛」，而曹譯呢，「此中國英文也」。史先生又將這品評給當初拒絕了趙譯的張部長看，張大驚，原來告訴他趙「差勁」的就是寫「中國英文」的曹。

史老先生在三十多年後把這段小小的秘辛公開出來，希望當事人如果仍健在人間，對自己譯稿未獲採用，得到遲來的解答，他自己心中那塊「沉重的抱歉石頭」也才能落地。

史老先生的說明，固然可解當事人心中之謎，對於此事牽涉到的三個譯文究竟高下如何，其實仍無定論可下。這件事，充分證明的只是，人對自己所不通或半通不通的語文，率爾品評時，可能出現多麼荒誕的結論，造成多麼離奇的後果。

而這樣的品評謬誤，往往賢者亦不能免，我自己就不只一次聽到不懂英文的人卻來告訴我某某「英文很好」。史紫忱先生是一位很有風骨的讀書人，但他在自己經歷過這樣一樁故事，背了沉重的「石頭」之後，在同書一篇論及胡適和徐子明兩位先生的近作中，卻在下「徐教授比胡適偉大得多」的結論時，告訴我們「徐子明精通九種文字」。胡徐哪位「偉大」且不去說它，這「精通九種文字」的月旦豈是隨便下得的！我們的大學教授裏能「精通」本國文就算很了不起了，如果又能「近於精通」一種外國文，便已是鳳毛麟角，至於「精通」兩種以上語文的，就算他自己敢這麼說，放眼海內外的中國人，也沒有幾個能替他

「鑑定」；「精通九種文字」云云，則更只好以神話視之了。

本國文的好壞高下，如果有品評，大致還是個能訴諸「公決」的東西，至於外文，我們的大眾頂好還是抱著「言者戒愼聽者存疑」的態度好些。

一九九一、十一、三《聯合報》聯合副刊

# 藏書票的「味道」

聽說有家出版商在隨書送票——送藏書票。送的票我沒見到，見到的是一些媒體上的議論，說這些藏書票上印的是臺灣一些畫家的作品，不合藏書票傳統，「味道」不怎麼對。

藏書票該有什麼「味道」呢？在印刷業這樣發達的時代，沒有什麼難求的書了，也因此幾乎無所謂「藏」或「不藏」。或者說，時代先失去了藏書的味道，時代所無的，不能獨求之於藏書票了。美國的書肆裏，往往結賬出口的附近就擺著一架架小盒裝的各種藏書票，供人像在超級市場出口處買包香煙或巧克力糖一樣，順手挑一盒。這樣的書票，買的人大約也不少，美國大學生學期結束就馬上拿到書店寄售的教科書上，你都可以看到貼著有。

因此，我自己在美國的許多年中，雖然幾乎把書店當成生活裏的重頭，卻從來沒想過買一盒現成的藏書票。這些現成品，論製作倒是很符合藏書票傳統的：差不多都是版畫設計，以黑白或簡單的套色印成，上面寫著 exlibris 字樣，供你在後面簽名，表示是某人之書。十九世紀末的短命而怪誕的版畫家畢爾斯利（Aubrey V. Beardsley, 1872~1898）的黑白版畫，便常是這類藏書票喜歡採用的圖案。畢氏是個怪異、精緻而頹廢的藝術家，用他的作品來印藏書票，照說也不是太差的選擇，但我終是沒想挑一款來用。是了，原因該在這裏了：藏書是頂個人的事，卽使畢爾斯利這麼個人風格強烈的畫家，一旦被拿來印成規格一致的書票，藏書票所要求的個人風格和畢氏在被印成藏書票前的個人風格也就都消失了。

我自己倒曾刻過一些簡單的版畫，三×四吋大小，用來做自己的藏書票，有時也直接印在書上。只是，家裏的兩個大人（現在又加上一個開始長大的小孩），都買書成癡，書不斷增加，滿坑滿谷地堆，讀也來不及讀，整理的時間也沒有，更不要說一本本去蓋章或貼「票」了。十幾年來，國內外幾度搬遷，拓印下來的在有些存書上還找得到，原來自刻的圖版竟一個也沒有了。自己生的是承平歲月，身外的一點小東西尚且這樣留不住，想到可能的離亂，想到許多經過離亂的讀書人，不免覺得，藏書票這樣東西，難道不也只是不讀書的人的裝點、讀書的人的嘲諷麼？

說到離亂和讀書人，不知怎麼，便覺得周作人、魯迅、豐子愷那樣的人才像是該留下一些好藏書票給我們看看的。這下子，碰到藏書票該有的「味道」了：一點憤世或一點頹廢，眞正愛書、讀書且自己能設計刻圖，有自成一格的品鑑，還有，更重要的——眞活在一個好書得之不易、得到了又守之不易的時代。有人說，若不是蒐藏的幾塊秦磚漢瓦割捨不下，周作人不會留在北京城變成漢奸。這話當然還存疑。但如果有人拿一本蓋了周作人自刻的藏書印的善本書給我看，說他臨著決定要不要離城的一刻，對著一櫃這樣的書遲疑，我倒是相信的。

問藏書票該有什麼「味道」？也許不如問我們的時代有什麼味道，我們的讀書人有什麼味道吧。

不過，話再說回來，時代不對了，要把藏書票做得「像」倒還不一定難得倒我們的設計家。歐洲、日本流傳的藏書票名作不少（我手邊就有好些印本），「印一幅畫」這樣的作法無論如何是「不像」的，要做得像而又有中國風，不妨看看三十年代的版畫，齊白石式的蔬果，十竹齋的小品花卉，取其一臠、求其樸拙，便庶幾得之了。

一九九一、七、七《聯合報》聯合副刊

# 女作家的暢銷書

這一陣子，許多大學校園都在舉辦文學獎評審會，不巧讓我聽到了某個校園中的一則插曲，一位評審在說明他爲什麼選擇某篇作品爲首獎時，給的理由是那篇作品有陽剛氣，「現在到處都是女作家的作品，大家都買她們寫的書，結果好書都賣不掉了……」

這種把「女作家的書」和「好書」視爲對立的說法，會出自一位有資格到大學校園當文學獎裁判的作者之口，它的荒謬可笑當然加倍。從古至今，女作家從沒有「暢銷」過男作家的，幾千年當中，甚至就爲了怕她們可能變成「作家」，她們被剝奪了識字求知的機會，被局限在不能有眼界的生活空間裏，然後進一步以她們被迫的「無知」和「無眼界」來鄙薄她們。教育機會均等之後，好不容易有「女作家」出現了，並且當中有人還暢銷了，我們的男士們不是慶幸自己的社會往公正合理走近了一點，而是開始大起恐慌——你看，都是女作家，害得我的「好書」賣不掉了！

很不巧，即使是在女作家的「暢銷」這麼深深威脅著男性的時候，被威脅的男士們，如果他們還留意一下市場的數字，仍會發現最暢銷的作者是男性，暢銷前一百名的書也多數是男作家寫的；如果他們再留意一下作品的品質，則更要發現，壞作品也多半是男作家寫的。要找有「陽剛氣」的？就算我們接受這樣一個荒謬的評判標準吧，很多男作家的作品事實上沒有「陽剛」過女作家。持平的說法應該是，作品只有好壞，沒有性別，會因爲性別而起恐慌的人，他必須既無知於文市的量（銷售）也無知於寫作現況的質（好壞）——然則，呃，我們就不免要好奇了，一個作家能夠這麼無知而仍敢於夸夸其言麼？

攻擊女作家「暢銷」的話題，像一種皮膚上長疣的毛病，就算醫生一次又一次動手術把它割掉了，隔不久它又會悄悄長出來。是的，不厭其煩地長出來，完全不知道自己的礙眼和無意義，更不知道這一次又一次長它的力氣，包含著某種可笑和浪費——所有可笑而浪費的力氣，對費那力氣的人來說，都在攬鏡自照時會覺得悲壯：怪女作家寫「暢銷書」，害得他的「好書」賣不掉的人，因此也都有一種諧擬的悲壯，我們如果在聽到他們的說法時覺得滑稽，正是其中反高潮式的「悲壯」所帶來的效果。

談到這個話題，我忍不住要想起美國當代一位重要的歷史學家斯勒辛吉（Arthur M. Schlesinger, Jr.）寫過的一篇有趣且深思的文章。文章題目叫〈論美國男子氣概的危機〉

（The Crisis of American Masculinity）。斯氏從美國文學和社會的一些男性角色意識現象，指出美國男性患了一種「失勢」的恐懼，這種恐懼，固然顯示在無能、雙性戀、同性戀等生理現象上，但歸根究柢，是眼見自己長久靠不公正的制度所維繫的「優勢」逐漸在消失所產生的。而所謂男性優勢，斯氏指出，「就像『白人優勢』一樣，是一種不成熟社會的神經質病症。」「現代社會的自由、平等、民主的原則把男性幾千年的避風港一舉掃掉了，多數人這時只會慌亂地舉起同性族羣的大纛來抵禦『外敵』，只有成熟自信的人能夠重新界定自己的角色，體會新的社會變動的美德。」

斯氏是美國學界的領袖人物，也是男性。他的話，顯示出一種反省的深度和全面觀照社會的氣度。至若如果有人要問我的話顯示什麼，我的回答是：顯示一個人發現自己的社會始終學不會講理和包容時，她的「不耐煩」。斯氏是男性，他的話有他的客觀；我是個從沒寫出過一本「暢銷書」的人，我的話因此也有我的客觀。這樣的問題，我從前談過，碰到了仍忍不住要談：一個外科醫生看到自己切掉過的贅疣又長出來，會忍不住要再動刀，這是職業道德。

一九九一、五、二十六《聯合報》聯合副刊

# 附錄：暢銷其罪

讀文學史的人都不會忽略女性作家對文學發展的影響。英國小說在十九世紀進入一個波瀾壯闊的時代，把原來帶領風騷的詩和散文都逼退一旁。原因雖多，其中之一便在於這段期間出現了像珍奧斯汀和喬治艾略特等這些女性作者，她們以特別細膩的觀察和表現技巧，爲敍述文學注入了新生命。近二十年來臺灣的文學，短篇小說成就甚大，而大多數出色的短篇小說家都或多或少受到張愛玲的影響。是張愛玲以她對人生諸相特具的女性敏銳和對文字的卓越的駕馭能力，直接間接促成了現代中國小說的繁富多姿。

然而，探討文學現狀的人卻往往不肯對他同代的女作家——尤其如果她是暢銷書作家的話——假以辭色。不少人認爲，女作家的暢銷書無非是寫給中學女生和家庭主婦看的，並且彷彿只要這樣表白過，自己便和這些女作家以及她們的讀者判然有別了。

上周六在一個頗爲學術性的文學座談會上，一位應邀演講的學者在他的講辭中也出其不意的夾進了這樣一個論題。演講人德高望重，他對女作家以及她們的暢銷書的不友善，意義也許不同尋常，因此不免引起我的興味，想看看這些通國皆讀又通國皆曰不可讀的女作家到底過失有多大。

女作家題材狹隘大概是第一個過失，女作家容易濫情（sentimental）大概是第二個過失，從這兩點引申出來的是第三個大過：女作家的作品誤導我們的年輕人，使他們（不，尤其是她們）生活在羅曼蒂克的象牙塔裏，不能面對人生的眞相。

這幾個過失也許部分是成立的，但其爲過失的程度大約並不比那些編砍砍殺殺的劇本在螢光幕上血流成河的男性編劇來得大。當然，電視現象也是有人罵的，關鍵是，罵的人絕不會指名「男」編劇家如何如何——我們的社會的一個最奇妙的雙重價値觀便是：男性的過失都是個人的，無需株連同類；女性的行爲（更不要說過失）則是集體的，一定要冠以性別，好教她們彼此有難同當。

然而眞正的問題也還不在這裏。眞正的問題在，卽使是題材狹隘、僅僅處理瑣細感情的作品，其中仍可能有鉅著偉構。珍奧斯汀何嘗寫過什麼大題材，張愛玲發表她的多數作品時也不過是禮拜六派的一個「女作家」。然而在今天，奥斯汀已經是英國文學史上的一個標竿，「用以衡量其他小說家的成就」（Walter Allen 語）；夏志清教授對張愛玲所下的評語：「中國最優秀最重要的小說家」，恐怕也在相當時日內依然有效。

把一類人看成集體是一種相當原始的殘餘。文明進化的過程就在於讓我們學會尊重人的個別存在。因此，即使某一個女作家寫出來的是三流作品，而又剛好暢銷，我們能做的恐怕也只是就個別的作品論作品，「女」作家無過，暢銷也無過。其實，對於今天有這麼多廣受注目的女作家這個現象，我們毋寧應該覺得感動——乃至於感謝。試想，半世紀前因爲教育機會的欠缺而只能推搖籃、只能洗衣縫補的手，今天竟有那麼多能夠寫出美麗的文字讓衆人共享，這當中所代表的社會意義何等驚人！

至於那些因爲正好處在善感的年歲而喜歡這些暢銷作品的小女孩，即使因此倍受來自「伯伯叔叔」的嘲諷，恐怕她們自其中得到的文字觀摹和感情體察的經驗，終久亦未必全是有弊而無利。在惡補、電動玩具和讀暢銷小說之間，那個害處更大也許不是那麼「理未易明」的事吧？

——暢銷女作家的過失，會不會像那「懷璧其罪」的古人，其實便在她的暢銷？

一九七六、六、八《聯合報》聯合副刊

# 創作的大衆化和批評的小衆化

文學界似乎面臨兩個相當極端的對比：

一個是文學作品越來越商品化，許多作者以市場好惡作爲他們的創作指標，而作品的價值也確實常和銷售率混爲一談，關心文學使命的人於是憂慮，嚴肅的文學創作到底還有沒有生存的空間？

另一個極端則是文學批評愈來愈成爲少數學者的專利，批評的用語幾乎離開了學院就成爲不可解的符號。希望從批評中得到閱讀指引的大眾發現他們首先就讀不懂這些指引，遑論從指引中得到方向。文學批評逐漸脫離了作品和讀者，成爲一門獨自發展的學科，有人於是也忍不住要問，文學批評是不是已經棄一般讀者於不顧了？

這樣的兩極現象成爲引人深思的矛盾。當創作有過分大眾取向的隱憂時，批評卻反而有過分「小眾」化的趨勢，也顯示這兩種本來關係密切的心智活動如今愈來愈分道揚鑣。

作者而兼爲評者在中外歷史上原都是很普遍的現象，一直到近代，「五四」、三〇年代的許多文壇健將都是出色的文學批評家，魯迅、陳源、胡適、梁實秋 錢鍾書都是著例；在英美文壇，葉慈、艾略特、龐德等也都是現成的近代詩人兼批評家的例子。可是，當創作愈來愈大眾化而批評愈來愈遠離人羣，創作者而兼爲批評者的角色也就會越來越少，這其間也未嘗不是一種互爲因果的循環：當創作者現身說法來月旦作品時，他的品評比較貼近是一種賞析和評鑑，泰半不以理論爲出發點，也不期歸納出理論，因此較不致於和一般讀者的認知疏離；而當批評者並不具備創作經驗或創作感性時，他很自然傾向於以理論驗證作品，理論的專業性和驗證的方法都必然在評者和讀者之間造成隔閡。批評家之自成一學術圈圈，「寫給自己人看」，也就成了很自然的結果。

這現象，最嚴重的還是在美國，引起英文學界的耆宿爾文侯（Irving Howe）在去年撰文疾呼，要批評家「重新學會用讀者聽得懂的話講給他們聽」。爾文侯認爲，劃起學術圈圈，不說大家聽得懂的話，是背離了「民主文化」的精神，也是造成「一般讀者消失」的原因。

我倒寧可相信「一般讀者」所以消失，最大原因還是文字媒介敗給了聲光媒介（電影、電視……），靜態的心智活動（閱讀……）敗給了動態的肢體活動（旅遊、運動……），低利潤的文字產品敗給了牟利競逐（拼命工作、投資……）的遊戲。而批評家所以安於寫「一般讀者看不懂」的東西，也多少是因爲想讀批評的「一般讀者」，數量已經逐漸少到既不構成批評家的壓力，也不產生對批評家的吸引力了，反倒是同儕間彼此對「批評」的批評討論，比較有點回饋作用。

這樣的現象，雖然最嚴重是在美國，在臺灣的文學界未嘗不是方興未艾：嚴肅的文學書賣不過言情的輕文學，輕文學賣不過理財、消閒的書，而整個來說，看書的人口又遠遠少於看電視錄影帶的人口。批評家即使有心寫給大眾看，恐怕早已面臨了讀書的「大眾」不知道在哪裏的窘境；而學院式的批評，使一般人就算想看也看不懂，確實也是一個正在形成中的問題。

因此，是社會現象和媒體消長促成了文學創作的大眾化（更確切地說，是俗眾化），也是同一個原因造成了文學批評的小眾化。至於眞正受到損失的，首先是那些消失了的讀者，其次是文學生命的傳承。傳播學者麥克魯罕（Marshall McLuhan）在六〇年代提出過一個理論，說傳播媒體決定訊息的內涵（the medium is the message），二十多年來媒介傳播的日新月異證明了媒體不但決定訊息的內涵，媒體也塑造了使用媒體、接受訊息的人。美國近年的幾個研究結果一再顯示，電視越看得多的小孩閱讀能力越低，在校的學習效果也越差。這只是統計所證明的現象，現象背後眞正的問題是：電視媒介所必然強調的立即感、商業化，以及煽情、暴力，都是開文化倒車的力量。印刷術的發明曾是人類文化的一大革命，使知識傳遞的深度廣度和持久成爲可能。然而，電視文化在某一個意義上正將書籍文明又拉回口傳文明，許多一定要經由文字才能達到的資訊傳達效果，諸如周延的分析、邏輯推理，以及閱讀過程中思考和專注能力的養成，都在支離跳接的聲光動畫中一一湮失。

湮失了閱讀人口也就湮失文學作品的「一般讀者」，也就湮失了批評家所希望擁有的讀者。當我們察覺到文學跟著市場走而批評家躲回學院裏說給「自己人」聽的時候，也正是我們的大眾在電視機前消耗掉他們原該藉閱讀來培養思考、推理和專注能力的時候，也正是我們的嚴肅作者失去了寫嚴肅的作品的動力的時候。

終了不能免於湮失的，因此是文學生命的傳承。

在文學表面的兩極現象背後，其實是「閱讀」這個心智活動被社會型態和媒體傳播侵蝕的必然結果。

一九九〇、十《幼獅文藝》第四四二期

# 以書為禮的季節

聖誕是美國人送禮的季節，到處的購物中心從十一月中起便裝點得繽紛熱鬧、歌聲不斷。但是，如果想知道美國人給親友送什麼節禮，這時便會發現，菸、酒、化粧品這些被國人當作好禮的東西，此地的銷售部門鮮見什麼變化，招徠較多顧客的是衣物、家用電器一類，部分因爲感恩節後便是這類物品的減價季的開始，而隆冬的衣物、精巧的器具既是自用所需，又最能顯示送者體貼的心意。

可是，眞正因爲節日來了而可作的選擇忽然多起來，店面的陳列如繁花照眼，顧客也顯著增加的，是書店。如果有人作一下統計，很可能會發現，美國人第一個想到送給親友的聖誕禮物，是書：美麗的、有趣的、益智的，比任何其他東西都更能「跟好朋友分享」的書。

這種情形當然並不獨今年爲然，聖誕季節一向是美國書商一年一度的利市，原因顯然在於家人一起讀讀書是傳統聖誕節全家團聚常有的活動，但也更因爲，書是許多人預期在這難得的假期裏對受者最有意義的禮物。

所不同的是，今年原是書市不被看好的一年，今年年初在華府曾有個書商大會，與會的書商眾口一致認爲今年出版界沒出什麼好書。沒料到的是，到了下半年，好書紛紛出爐。我重履斯土時又正是這些出爐的書全上了架，正等待知音拿去和他們的親朋好友過節分享的時候。是的，正是繁花照眼的感覺，正是圍爐擁書的邀請。而也眞只有書，能和季節的記憶，和爐火的意象相連，在這白皚皚的冰雪將要覆蓋一季大地的時刻，把冬寒變成享受。

今年公認最豐收的是藝術類書。兩大册盒裝的《翡冷翠的藝術》（*The Art of Florence*），蒐集了一千五百餘幅的圖片加上詳盡的解說，是文藝復興藝術的精美見證。而同樣精美的書成列招展：攝影專集、埃及雕刻、當代工藝、波斯藝術，乃至於《紐約客》雜誌創刊以來三千二百九十三幀封面設計的合輯，更不要說這幾年始終廣受大眾歡迎的印象派各家作品集。畫家當中今年最當令的要數莫內（Claude Monet）和奧基菲（Georgia O'keeffe），這兩人的作品我原也都喜歡，莫內是因爲他的恍惚柔美，奧基菲是因爲她的獨特超拔，從大小畫册到掛曆、案曆、手册、明信片册子以及大幅複製海報，這兩人觸目皆是的程度簡直要把人「撐」著了，尤其奧基菲，做了半生沙漠隱士，自己大概絕料不到身後會在節前的喜氣中這麼無所不在。不過，這樣的例子也正好告訴我們，本來屬於「小眾」的藝術品，卻可能經由節慶的需要和大眾的閱讀習慣，立刻打進每一個角落，達成美感教育的功能。藝術品除非寧取曲高和寡，否則應當歡迎這樣一個薰陶大眾品味的途徑。

篇幅用了許多，卻還沒說到文學類的書、兒童書、參考類書、旅遊、裝潢、烹飪……類書。每一類倒都有不少話可說的。冬天不是走訪北美的好季節，但如果爲書就另當別論，因爲這正是美國人把他們最願意跟朋友分享的書一古腦擺出來給你細品慢挑的時候。

一九八九、十二、十《聯合報》聯合副刊

寫於北美陌城

# 雙城恩仇

柴契爾夫人到巴黎開七國高峰會議，送了一本狄更斯的《雙城記》給密特朗總統作禮物。好事的報導於是猜測：這恐怕是一份不受歡迎的禮物吧，何柴首相一時之不察！

七國高峰會議選擇在巴黎慶祝大革命兩百週年的時刻舉行，而狄更斯對法國大革命確實是不怎麼友善的，《雙城記》裏既對當時法國下層社會的貧困和受壓迫深寄同情，又對革命爆發之後平民階層主導的恐怖濫殺十足反感。——這場革命，左右都不對，反襯得當時一水之隔而息息相關的英國一片安詳平靜。故事裏還有位高貴的英國英雄，爲了自己所愛的女子，不惜替她的法國貴族丈夫去上斷頭臺。

不過，與其說柴契爾夫人是一時「不察」，也許不如設想這是一份「有意」的禮物——有意地提醒法國人，英國最重要的小說家對法國大革命曾有什麼樣的看法；或者，更可能的是，有意地暗示世人，英法兩國對彼此各種形式的互相批判是不以爲忤的：一本譴責法國大革命的英國小說，因此可以由英國首相親手送給法國總統作爲慶祝大革命兩百週年的禮物——而不減其爲善意！

不管送書的眞正用意是什麼，隔著英法海峽這兩個國家之間的恩怨情仇眞是歷史上的特例。這兩個國家，有對等地做好朋友的條件，因此也有對等地打殺的條件。正因爲雙方的國力、文化水準、觀念背景差距不是那麼大，它們可以打仗，也可以和好；既密切合作，又常常鬪氣。歷史上持續最久的百年戰爭，從十四世紀一直打到十五世紀，便是這兩國所保持的紀錄。而所以打得這樣難解難分，原因有趣得很，是因爲兩國親密到王位可以互相繼承而擺不平。美國鬧獨立戰爭的時候，法國大力支援，主要用意也是爲了藉此給英國「好看」，結果支援到自己民窮財盡，美國固然在一七七六年獨立了，法國自己的大革命卻也就隨卽爆發了。

可是，一旦共同的信念或安全受到威脅，這兩國卻是可以前嫌盡棄，通力合作的。第一次大戰時，德國在一九一四年的八月三日對法宣戰，第二天，八月四日，英國就宣布參戰，支持法國抗德。第二次大戰時兩國更是步調一致，在同一天（一九三九年九月三日）對德宣戰，攜手苦戰了六年，得到最後的勝利。

我要說的是，對有這樣共同的甘苦恩仇經驗的兩個國家，狄更斯筆下的《雙城》恰好是一個歷史和藝術成品的紀念。以爲送了這書會傷感情，實在是過慮。這樣的情誼，正像不打不相識的兩個知己，氣雖然有時還是要鬪鬪，小說家要大筆撻伐，也得由他，但在大利害上，彼此是絕對守望相助的！

看到這樣的兩個國家，我們實在不能不羨慕，打開近代史一看，怎麼我們有的盡是蘇俄、日本這些不善之鄰！知己難覓，於人於國大概都是一樣的。

當然我也還想說，以文學作品爲元首間的禮物，比送名錶、飾品「有文化」多了，元首們何妨仿效？

一九八九、七、二十三《聯合報》聯合副刊

# 女性與文學

從歷史來看，文學的素材至少有一半來自女性，然而，歷史上的女子們提供了建造文學殿堂的血肉，卻絕少自己成爲建築師。我們算算幾千年來中國的女性作者，班昭、蔡文姬、李清照、朱淑貞、陳端生……幾個手指頭扳過，要再往下數就是在考據了。

然而女子爲文如今竟多到漸漸從「觸目」轉成「刺眼」，不時有人要站出來把「女作家」當作集體名詞數落一番了。這種女作家爲數暴增的情形也不獨中土爲然。近年來西方女性主義文學批評寖寖然成爲一支顯學。一向是「選學」權威，出版過許多歐美文學選集的諾頓（Norton）出版公司請了兩位女性文評家，珊卓・紀伯特（Sandra M. Gilbert）和蘇珊・古芭（Susan Gubar），合編了《諾頓女性文學選集》（*The Norton Anthology of Literature by Women*），當中十九世紀以前漫長歲月裏的女性作品加起來才收了一百八十頁左右，而二十世紀的多達兩千多頁。古今之懸殊程度很是驚人。

繆斯的女兒們自然並不是都等到二十世紀才降生，問題是她們若生早了便時與命違。莎士比亞沒有受多少正規教育，也沒有家世可以依恃，但畢竟憑了他的才華留下來震古鑠今的文學作品。——不，不是單憑了他的才華，還要看他所在的環境是不是容許一個有才華的年輕人獲得起碼的知識、社會經驗和工作機會。連讀幾年書的機會也沒有的話，莎士比亞不會是莎士比亞；雖認得了字讀了點書而沒有機會走出廚房或閨房去觀察世界，甚至參加劇團發揮才華的話，莎士比亞也不會是莎士比亞。被目爲近代女性主義先鋒的著名小說家和批評家吳爾芙夫人（Virginia Woolf, 1882～1941）因此曾問過這樣一個有趣的問題：如果莎士比亞有個天才橫溢的妹妹，她是不是也可能有莎翁的成就？吳爾芙夫人給的答案是，這個莎士比亞的妹妹無論多麼出色，都不可能成功，十六世紀才女的下場不外發瘋、自殺或孤獨老死，原因無他，她們活在一個不容許女子藉文字表現才情思想的時代，倘若她們執意要表現，當然只有困頓挫敗一途可走。

「莎士比亞的妹妹」的例子說明了，當整部文學史，上下一、二十個世紀甚或更長，只搜得到幾個名字，只佔數千頁選集的一百多頁時，隱藏在背後的眞相其實是無數被扼殺的女子才情。

許久以前我在一篇專欄文字中談到許多人喜歡詬罵「女作家」——尤其「暢銷女作家」

的現象時，因而特別指出，女作家如果於今爲多，當中反映的毋寧是一個值得大眾感謝的現象：半世紀前還因爲教育機會的欠缺而只能推搖籃，只能洗衣縫補的手，今天竟有那麼多能够寫出美麗的文字與人共享，其間所代表的社會意義何等驚人！

當然，作品的價值不會僅僅因爲它代表了某種「社會意義」就必然存在，「女作家」如果值得辯護，主要還是因爲她們當中有人在作嚴肅的嘗試，並且也曾寫出過擺在整體的文學經典中並不遜色的東西之故。

不過，詬病「女作家」如何如何的事情，恐怕每隔一些時候總還是會出現。癥結在於，男作家不大會因爲標榜（或被標榜）是「男」作家而受矚目，而造成暢銷；女作家卻有可能因爲強調女性身分而產生作品以外的商業性副作用。

「女作家」要成爲「作家」，恐怕眞得如吳爾芙夫人說的，要超越自己的性別侷限。倒不是說一定要不寫女性熟悉的題材，而是寫時採取一個客觀中立的角度，尤其重要的是——在我看來——不要預期讀者因爲是「女作家」寫的而給予特別眷顧。當女性作者絕不想佔她的性別的便宜的時候，她才更能够獨立成爲一個「作者」，也才有可能嚴肅地創作。

一九八九、三《文訊》第四十一期

# 《魔鬼詩篇》遺事

——一則寓言

事情恐怕會是這樣的：

一九八九年春天來臨的時候，全球的人才終於弄清楚，第三次世界大戰這下是迫在眉睫了，起因是有個叫盧西迪的作家寫了一本叫《魔鬼詩篇》的書。

事件在短短一、兩個月裏蔓延如烈火。不知誰帶的頭，二月上旬遠在巴基斯坦的回教徒突然發現，《魔鬼詩篇》裏有一段影射先知默罕默德受誘惑的情節，爲了「保護先知的名譽」，上萬回教徒在二月十二日抗議示威，結果是警民衝突，打死了五名教徒，傷了八十幾人。

盧西迪這下是跳到他出生地的恒河或他歸籍地的泰晤士河都洗不清了。他說他一向尊崇回教，絕無褻瀆先知的意思。這話誰會相信！沒有褻瀆先知，會造成那麼多信徒起來誓死「保護」嗎？會眞就打死人了嗎？

暴動過了兩天，回教的大家長何梅尼便出來正式宣告盧西迪褻瀆回教，觸犯天條，應格殺勿論。殺之並且有賞，賞金高達美金二百六十萬美元。

全球的作家聆訊都沾沾自喜起來。文人的命往往草芥不如，歷史上還不曾有人出這樣的高價來換一個作家的命呢。而且好消息還在後面，才隔一天，又有回教領袖出等價來要盧西迪的人頭。身價一夕暴漲一倍的結果，盧西迪又躲藏得宜，到了二月下旬，殺他的賞金已經累積成天文數字。回教國家裏雖有幾個是產石油的，有人偷偷計算了一下，發現眞提了盧西迪的人頭去領賞的話，全球的回教國家就會破產一半。

不過，回教一向是個烈性的宗教。先知默罕默德傳道時便是一手執《可蘭經》、一手執劍的，他們自然不會有心思去計算自己這樣「颷」價會不會太擡舉了作家，會不會自己導致經濟破產。總之，他們不揪出盧西迪誓不罷休。兩星期中，他們炸掉了五間書店和兩架英航的飛機；德黑蘭關閉了三個西方國家的大使館和五個駐伊文化中心。

歐洲會議從二月中旬到三月中旬開了無數次緊急會議。英國代表力主嚴懲以保障文藝自由，法義兩國則認爲應該用迂迴戰術。法國代表說，如果我們把美酒、時裝和香水大量送到德黑蘭去，伊朗就會變得柔情似水。伊朗女人從她們全身包裹的黑袍裏解脫出來以後，全伊朗的回教徒都會認爲《魔鬼詩篇》裏對先知的描寫只是人類美好經驗的一部分罷了。

義大利代表不但同意這個意見，並且樂意派遣最好的歌劇團去演唱阿伊達和蝴蝶夫人，保證唱得德黑蘭盪氣迴腸，他們同時還準備趕譯希臘羅馬的全套神話空投所有回教國家，好讓他們知道世界上有些神不但常常接受誘惑並且還常常誘惑別人，這些神的故事使得義大利成爲一個很美麗多情的國家。

醇酒香水與歌到底緩不濟急，歐洲會議最後還是主戰派得勝。大西洋公約組織在三月二十日整軍向何梅尼宣戰，飛彈基地佈署完成，只等按鈕的命令了。

・　・　・

春天過完時，美麗的地球已經成爲廢墟，完全應和了去年《時代》雜誌封面上的「風雲」形象。（注）

《魔鬼詩篇》和它的作者終於被消滅了。何梅尼欣欣然到眞主面前報到。先知沉吟久之，問道：「你讀過了盧西迪的《魔鬼詩篇》麼？」何梅尼有點忸怩，「沒有。」

「我早就知道了！」先知說，眼中無限悲憫。然而人類的浩刼非得由人類自己來完成，不靠何梅尼也得有別人吧。

先知不愧是先知。

一九八九、二、二十六《中央日報》星期天增刊，第六十期

（注）：（一九八八年底《時代》雜誌（*TIME*）年度例行的「風雲人物」首度出現了「非人物」——傷痕累累、奄奄一息的地球，意在警告人類地球生態破壞的嚴重。

# 危險的邊緣

## ——記格瑞安葛林

近二十年來，英國小說家格瑞安葛林（Graham Greene）大概每年都出現在諾貝爾文學獎的入選名單上，但每年的得獎人都意外地不是他。本月三日，葛林以八十七高齡病逝瑞士，對許多人來說，不是他從此失去了得獎的機會，而是諾貝爾獎從此失去了頒獎給他的機會。事實上，許多諾貝爾的得獎人，身後沒幾個人記得，葛林的名聲和影響，顯然會遠遠超過他們。

使葛林建立起名聲的，固然是他驚人的創作力——在嚴肅和非嚴肅的作品上都同樣著作等身；但也更因爲他題材的廣濶和關懷面的深入。英國小說評論家華特艾倫（Walter Allen）嘗說，在十九世紀，讀小說的人口不多（當時識字且有閒的人本來就有限），但知名的小說家，比如狄更斯，差不多能全面掌握他讀者的品味和價值觀。二十世紀的讀者羣（reading public）不再是「一羣」而是許多的「羣」（publics），不同的讀者羣之間，閱讀範圍可能了不相涉，因此，不可能有一個作者能够全然掌握他的小說讀者了。不過，在這不可能之中，艾倫說，仍有少數作者是能同時掌握「好幾個」讀者羣的，其中葛林便是這樣一位作家。

華特艾倫的論點觸及了一個教育普及後的文學困境——品味殊異、觀點參差的「眾」讀者羣使文學的好和不好再難建立起標準，而沒有標準的結果，不是市場決定了文學的走向，便是認定好壞的專業努力變成了象牙塔中的徒勞。

在這樣的情勢下，葛林「同時掌握好幾個讀者羣」的特質便特別值得一探究竟了。葛林既嚴肅又娛樂，在探索宗教救贖、人性善惡的長篇小說之外，他也寫遊記、報導，也寫劇本、評論。他的故事背景幾乎是世界性的：英國、墨西哥、海地、非洲、越南、古巴……都曾成爲作品的舞臺，在這些舞臺上，他縱橫自如，演出信仰的試煉、善惡的掙扎、政治變局中人性的墮落……也從中展示了一個傑出小說家的條件：廣濶的視野，豐富的閱歷，探索人性的興趣，還有，設計背景、懸疑、層層剝示的能力。

也許是他的「娛樂能力」使得諾貝爾獎評審們總在緊要關頭放棄他，把獎頒給比較「小眾」的作者。然而，問題是，把雜著剔除，葛林的嚴肅創作的分量仍舊「等身」而有餘；把佈局的技巧拿掉，單是主題的磅礴也足使葛林躋身偉大之林。葛林對宗教的救贖意義和從宗教觀點體察的善惡分際使他成爲公認本世紀最有代表性的宗教作家。《權力與榮耀》（*The Power and the Glory*）中有著種種肉身的弱點，卻完成了自我救贖的神父；《事情的本然》（*The Heart of the Matter*）中的殖民地警官，在命運的捉弄下成爲宗教上不可赦免的罪人，卻留給我們對「實質的善惡」是什麼的深切疑問……葛林不承認自己是天主教作家，他的野心顯然是超越宗教的更廣濶的人性。

葛林在一九七一年出版了回憶錄，當中已經爲自己的作品寫下了墓誌銘，用的是詩人勃朗寧（Robert Browning, 1812~1889）的句子：

我愛看的，是事物危險的邊緣。
誠實的小偷，軟心腸的刺客。
疑懼天道的無神論者……

事物的「危險的邊緣」，是人性豐富奇詭的所在，是是非模糊了界線而善惡展示各自力量的交點，在這臨界上的探究，現在，成了葛林留給這個世界的珍貴遺產。

一九九一、四、七《聯合報》聯合副刊

# 五四愛情

有朋友讀剛出版的《王映霞自傳》，感慨起來，說「五四」作家們留下不少曲折的戀史，轟轟烈烈，情節足以寫成小說、拍成電影，現代人——尤其現代作家們——怎麼不再談精采的戀愛了？

五四是一個浪漫的時代，是那個時代的浪漫的條件使得戀愛談起來轟轟烈烈，這樣轟轟烈烈的事，於時代於談戀愛者本身是幸是不幸卻是另一個問題。

浪漫的「時代條件」就是，在這樣的時代，不合理的傳統和反抗這個傳統的力量同其強韌。今天看來平常自然的事，在這樣的兩造拉鋸中，都變得艱難萬分，而其中更有種種可憐可笑的扭曲變貌，隔代視之是浪漫風雅，在當時，卻未必不是種種柴米油鹽的難堪和種種貪嗔愛欲的癡妄。

徐志摩、郁達夫、蕭紅這些人放在今天談戀愛，大概故事都稀鬆平常，轟轟烈烈不起來。

首先是男主角老家沒有一個父祖訂下來的糟糠，一旦自己在外地有了愛慕的對象，只要兩情相悅，不會有多少阻力。沒有了阻力，如何能轟轟烈烈！

五四人物中，胡適爲倫理犧牲了婚姻自由，徐志摩爲婚姻自由干犯了倫理。一個保護了無辜的對方，一個成全了愛情至上的原則，他們各有其悲劇性，但因爲對於自己和相關的異性所受的時代局限有著理性的自覺，他們的婚姻或愛情也就同時包含了一種浪漫主義式的高貴。

郁達夫是一個很不一樣的例子，他既秉承了舊時代的頹廢和大男人的性意識，卻又嚮往新時代的自由愛情，表現出來的結果，是自己以嫖妓宿娼爲風雅，對自己所追求到的女子，則視爲禁臠，防閑之不及，想像中還能渲染出無邊風月，滿足自己奇怪的心理。郭沫若說郁達夫好自我暴露，乃至於發揮「文學想像力」構造自己的家醜，「暴露自己是可以的，爲什麼還要暴露自己的愛人？而這愛人假使是舊式的無知的女性，或許可無問題，然而不是，故所以他的問題就弄得不可收拾了。」

我們如果不以人廢言，得承認郭沫若這一番〈論郁達夫〉裏的話，頗點出了近世婚姻之爲幸爲不幸的關鍵：平順的婚姻只有在兩種情況下可能，一個是傳統大男人碰到傳統逆來順受的女子；一個是夫妻彼此預存了互相尊重的觀念，隨時作自覺的偏向調整。郁達夫和王映霞的情形，當然離這兩點都遠得很，五四女子中，際遇極端如王映霞者固然不多，面對新舊交替之際兩性對待的偏差而成爲犧牲品的恐怕不少，黃廬隱、蕭紅大概都是例子。

同樣的問題，當然於今「不烈」了，卻並沒有消失，兩性的無數問題仍在每一個角落裏進行它們的革命，現代人的戀愛不轟轟烈烈，其實正是革命的成果——當雙方能更理性地結合或分手，更對等地相待，「轟轟烈烈」的空間也就很小了。

王映霞女士最近來臺，她恐怕也是五四時期「轟轟烈烈」過的女子中僅存的人物了。想來，她也會同意，以一個較合理的兩性社會來換取一場場轟轟烈烈的愛情，是「值得」的事。

一九九一、二、十《聯合報》聯合副刊

# 文學與繪畫的抒情

「抒情」是中國文學的一個特質，這點已爲許多學者所公認❶。已故的比較文學學者陳世驤教授甚至認爲，中國文學的榮耀就在抒情的傳統裏❷。以一個類似的說法，多數人可能也會同意，中國繪畫的榮耀也在抒情的傳統裏。「抒情」這個特質，也許正好連貫了中國文化中文學和繪畫這兩大支柱。

當然我們不能說其他的文化不抒情，但是如果我們以抒情的取向作爲指標來檢討一下西方文化傳統和中國文化傳統的基本差異，也許不難得到一個大致的觀察結論，就是中國文化每每向自然去尋求抒情的題材，西洋文化則向現實人生去尋求題材。這兩個文化在基調上形成出世／入世、消極／積極的差異。這點，也可以說和它們的抒情取向的差異是相當一致的。當然，在作這樣的論斷的時候，我們也必須同時指出，所有的二分法都是危險的，籠統的界定之下永遠找得出個別的例外。在探討像抒情特色這樣一個大的文化課題時，我們無法不作概略的論斷，但也必須隨時準備個別情況的出現，比如說，我們必須面對白居易、杜甫這樣在抒情的、田園風的大傳統中同時關切現實疾苦的文學家；我們也必須承認，在西方表現實際人生的大傳統中，中世紀牧歌風的田園抒情詩歌和晚出的浪漫主義抒情詩也為數不少。而即以抒情文學來說，其表現的形式、內涵的不同，也值得我們先作一探討：

## 一、文學的抒情內涵

抒情的「情」，應該泛指人類的各種感情。《禮記》〈禮運〉篇說：「何謂人情，喜、怒、哀、懼、愛、惡、欲，七者，不學而能。」我們因此慣說「七情」，事實上，七情之間還有無數的中間地帶。或悲喜交集，或愛惡參半，或一則以喜一則以怒，一如七色之光譜，顏色與顏色之間並非永遠可以截然界分。而這些「不學而能」的感情，與生俱來，表現在我們所有對人、對事，乃至對自我、對不可知的生死、對不可解的宇宙現象的種種反應上。廣義地說，抒情便是這些感情的抒發呈露。在這個意義下，抒情也因此是每一個人與生具備的表情達意能力，假如這種表達出之以適當的文字形式和內涵，便有可能成為文學上的抒情，假如出之以線條、顏色等視覺布局，便有可能成為繪畫上的抒情，當然，同理，我們也能找到聲情取勝的音樂的抒情，空間佈置如庭園和建築的抒情，以及藉其他材料來表現的各種造型的抒情，等等。

但是，如果從一個較嚴格的文學觀點來說，對應於中文裏「抒情」的文學意念，在西方是 lyricism。西洋傳統中的 lyricism，由於起源是希臘的一種歌詠詩體 lyric，它因此自然就強調詩的音韻之美和感性。這種文學體裁，一直到十九世紀，浪漫詩人輩出，才獲得較大的肯定。在這之前，史詩（epic）和戲劇文學的光采始終蓋過抒情詩，也就是說，抒情傳統在西方幾乎只佔有一個次要的地位❸。但在中文裡，史詩是一種從未發展出來的文類，戲劇和敍事文學則遲至十三、四世紀才逐漸成熟，自《詩經》以降，可以說，以音韻和感性爲主要關切的抒情詩一直是文學史的要角。

前述的現象至少產生了兩個主要的影響：其一，抒情詩篇幅有限、格式固定，有限的篇幅因此往往環繞在熟悉的日常題材裏，許多需要大篇幅的結構和周密綿延的表達才能盡意的場景或情節相對地便失去了展示的空間，中國文學因此獨長於以精簡的文字直接呈露一個意境。在元明之際長篇小說戲劇出場時，抒情的表達傳統已經定型，它的有限題材，諸如春花秋月的感傷、生命短暫的悲哀、山水田園的嚮往、仕途不達的怨懟、以及替深閨裏的女子發抒閨怨等，也自然嫁接而成了小說戲曲題材的重點，「言情」的傾向和消極出世的思想因此也瀰漫在小說戲劇作品中。其二，抒情詩事實上也直接進入小說戲曲而成爲這些作品的一部分。戲曲本身因爲具備了詠唱的成分，形式上卽是以韻文的唱詞連貫了散文的情節描述，而由於衆多戲曲採用了早期傳奇小說中的抒情題材，如以〈會眞記〉敷衍爲《西廂》，〈長恨歌〉改寫爲《梧桐雨》，〈枕中記〉成爲《黃粱夢》等，其連綿的唱辭近乎是獨立而連貫的抒情詩。小說中也往往在需要加強人物內心感情之表白時，卽以抒情之詩詞穿揷其間，《紅樓夢》尤爲集大成之代表。

如果比較了西方在希臘羅馬時代已經發展完備的史詩、神話和戲劇，以及進一步觀察這些作品對整個西方文學形式與內涵的影響，我們也許不難發現，本文前面指出的西方文化積極入世的精神自始便已表現在它的人物情節繁複的史詩、充滿對人性的刻劃和好奇的神話、以及奮力向命運抗爭質疑的悲劇中，起始點的差異，事實上也便決定了日後中西抒情特質的差異。

## 二、中西抒情特質的差異

簡括地說，中國抒情特質主要在詩意的表白，西洋的抒情特質則在戲劇性的呈現。由於對應於抒情的 lyricism 的意念是源於詩體，在西洋傳統中，這種詩體的表現被目爲和史詩和戲劇相對的文類，然而，倘若就中國文學觀念來探究，我們從前一節的說明可以看出，「抒情」是一個貫穿各種文體的特質，不獨與詩關係密切而已。但是，撇開文類與形式的淵源不談，我們實亦不難發現「抒情」的意念和表達在西洋文學中也具備貫串的性質，因爲「抒情」的屬性如主觀、強調情緒與感性及意象顯明等原因亦見之於許多敘事和戲劇文學的作品，主要的差異在取材的廣度和著眼點的不同而已。

因此，始自《詩經》的「以字的音樂作組織和內心自白做意旨」[24]的抒情風格開始，中國文學傳統歷經楚辭的憂憤自憐，漢賦的綺麗鋪陳，到了魏晉時期，道家的自然觀和士人的生活美感成爲時代的全面風尚，中國的抒情特質才完全確立。這個特質，可以說就是道家的虛靜色彩和回歸自然的嚮往成爲文學主流的結果。

相類於我們的回歸自然的母題，在西方文化中雖也存在，畢竟不是主流。希臘人一開始就向自然去抗爭。普羅米修斯爲違反天意偷取火種給人類而受罰；奧迪塞歷經海上的險阻，十年方歸；伊迪帕斯王想向命運挑戰而失敗；……人向天意向自然的抗爭質疑一直是西方文明的精神所在，而史詩、戲劇形式的及時完備也使他們在表達上掌握了一個能充分切入現實的工具，使西方文學中的抒情之「情」，充滿了戲劇性的張力。總括來說，西方人對自然具備了探索的好奇和抗爭的勇氣，中國人則採取了如陶淵明所說的「不求甚解」的和睦；西方人在表現人事的時候著重內心的掙扎衝突，因而呈現出戲劇性的張力，中國人則強調片刻意念的掌握，凝練卻恬退。這種基本差異使得在處理手法上，西洋人發展出長篇巨幅的描繪說明，中國人則簡約含蓄，卽使長篇敍事，事實上也近乎短章的串連，顯得支離分立(episodic)。

## 三、繪畫的抒情

儘管所有的藝術都有相通之處，但像中國傳統這樣，很多文人同時是畫家，很多繪畫所畫的只是一個詩意，很多詩出現在一幅畫的角落，替它完足畫意，甚至於調節空間……這樣的詩畫一體的關係，卻是任何其他文化裏（除非這個文化在這一點上明顯受了中國影響，比如日本、韓國的例子）所看不到的。

杜甫、李白都有題畫詩，繪畫的題材引發詩人的感性是相當自然的事。而至遲到了宋朝，畫家有意地拿詩裏的意境來作畫也已經是並不少見的事[5]。這樣的傳統一經建立，詩畫之互相影響便不可避免了，終至文人自己執筆作畫，把文學裏的感性一一注入繪畫之中。

從這個背景來看中國畫，我們也許便不難瞭解到，何以充塞在中國文學裏的抒情題材也同樣成爲中國繪畫的主題：春花秋月的感傷是花卉翎毛類作品的基本母題；閨怨題材則發展出仕女畫；謝靈運的山水、陶淵明的田園和各種仕途不達者的怨艾更演化爲山水畫以及其中所寄託的出世之思，且成爲中國繪畫的最主要素材。中國繪畫的這種倫理意識，放到一個不同的文化角度來觀察時，有時更爲明顯⑥。

和文學一樣，中國繪畫對自然不出於探索的好奇而獨具無爭的和睦；表現人事的時候也不著重掙扎衝突而強調片刻意念的掌握。中國文學簡約含蓄不事剖析的抒情風格，事實上可以說也正是中國畫的風格。

因而，歷來繪畫的技巧儘管代有變遷，或重氣韻或求形似，或潑墨或勾勒；宗分南北、筆有工拙，但是，畫的題材始終並無突破。甚至於，由於清初王原祁爲首的擬古主義蔚爲正統，更使中國繪畫走入形式主義的窄途。在文學上借物借景的抒情，由於戲劇小說在元明之際快速發展，得到了新的形式和生命，相對來說，繪畫題材之拘泥於傳統的抒情感性竟成了一個亟待突破的瓶頸了。

西洋沒有類於中土的詩畫合一的傳統，它的文學和繪畫的一個相通處卻也同是抒情特質的貫串：西洋繪畫中的許多作品也和它的文學傳統一樣，講求細節的刻劃或戲劇性的張力，在呈露人與自然、與命運、乃至自我的掙扎抗爭中表達出強烈的人事思索和關懷。文學裏敍事形式和技巧的多面發展，表現在繪畫上則是對透視解剖等效果的精密度的要求。如果說戲劇小說這些文學形式的及時完備，使西方文學在曲盡各種人情時得到了較有效的工具；繪畫技巧和材質的多樣，便也爲繪畫題材的繁複提供了有效的工具。喜怒哀懼愛惡欲之情，儘管不學而能，爲人類所共有，中國繪畫往往就其最平淡含蓄的一面著筆，以至於大部分畫作捨離人類感性之呈露，轉而寄託於山水花鳥的閒逸；西方繪畫則每每就感情的強烈面著筆，人事萬千，題材遂至無窮，表現的方式尤其推陳更新，多見變化。

因此，慣見的題材如耶穌受難的景象，在歷史上衍生出無數畫面上的詮釋。寫聖子承擔苦難的大愛的，固爲正宗，但發爲魯本斯（Peter Paul Rubens, 1577～1640）的激情慘厲的畫面或葛雷柯（El Greco, 1541～1614）的象徵意味濃重的扭曲超脫的形體，尤在繪畫藝術上受到矚目。寫愛情之純美的，可以表現如考特（Pierre Cot, 1837～1883）筆下小情人躲雨的古典田園風，卻也可能變形如柯克西卡（Oskar Kokoschka, 1886～1980）以暴風雨擬喻兩性肉慾空虛的形象。至於戰爭死亡的慘酷，家居人情的溫暖，開疆闢地的豪情，也正是西洋繪畫中了不少見的題材。

當代的藝術評論名家肯尼斯克拉克（Kenneth Clark）曾指出，理想化的山水繪畫在西方爲時極爲短暫，因爲西方人很快就對它失去了信念❼。這點與中國繪畫也正足爲對比。西方人如果「寄情」山水，寄的每每是諸如泰納（Joseph M. W. Turner, 1775～1851）的「情」，泰納畫英國議會的一八三四年大火，竟是以顏色、火光、場景所呈現的驚人美感，詮釋了畫面可以獨立於意義之外的信念；也或者是蒙德里安（Piet Mondrian, 1872~1944）的「情」：以一棵樹的各種變形，一步步剝離它的寫實成分，回歸到「樹」的抽象意念；當然更可能是如邱池（Frederick Church, 1826~1900）的「情」，在對自然的禮讚中表達了疆土新拓的興奮。

這些例子自不足以概括西方繪畫的全面，但其間所顯示的不同於中土的抒情題材和感性，卻已極明顯，並且可以說明西方繪畫和文學在其積極入世、刻劃人情、探究自然的精神上是互爲表裏的。

## 四、結語

前文所分析的這些文學和繪畫上的抒情現象，與其說是中外的對立或偶合，實應將二者都視爲各自文化發展的必然。恬退和積極、出世和入世的相對，事實上都不是孤立於中土或西洋的文學和繪畫中的現象，而只是這兩大文化中全面價值取向的一些切面，要追循根源，則是進一步探究文化特質的問題了。

# 附注

❶ 參見 Chow Tse-tsung, "The Early History of the Chinese Word *shih* (Poetry)," in *Wenlun* (Univ. of Wisconsin Press, 1968), pp. 211～228；陳世驤，〈中國的抒情傳統〉，《陳世驤文存》（臺北：志文書局，民六二），頁三一～三七；周策縱，〈詩詞的「當下」美——論中國詩歌的抒情主流和自然境界〉，《古典文學》第七集（臺北：學生書局，民七四），頁六八三～七二七；呂正惠，〈抒情精神與抒情傳統〉，《抒情的境界》（臺北：聯經，民七一），頁六七～一一〇等論文。

❷ 同上，陳世驤，頁三二。

❸ 由三位文學批評名家 Northrop Frye, Sheridan Baker 及 George Perlkins 所編的 *Harper Handbook to Literature* (Harper & Row, 1985) 中，"lyric" 一條便指出，一直到近代，相對於史詩和戲劇，抒情詩在西方始終被視爲詩中的次要形式 (minor form of poetry)。

❹ 同❷。

❺ 顧愷之（三九二～四六七）即曾以文學作品如〈洛神賦〉、〈女史箴〉等作爲繪畫題材；謝靈運（三八五～四三三）是詩人兼畫家；王維（六九九～七五九）的「詩中有畫、畫中有詩」（蘇軾語），更是詩畫合一的著例；宋朝的大畫家郭熙之子郭思嘗整理其父之山水畫論，著《林泉高

致》一書，其中便紀錄了郭熙有意地將古人的「清篇秀句之可畫者」記下來作爲繪畫題材。

❻ 參見 Michael Sullivan, *Symbols of Eternity: The Art of Landscape Painting in China* (Stanford: Stanford Univ. Press, 1979), pp. 4～5. 該書書介見本書輯三〈永恆的象徵〉一文。

❼ Kenneth Clark, *Landscape into Art* (New York: Harper & Row, 1979), pp. 143～145.

**後記**：本文在爲臺北市立美術館「文學與藝術」系列講座之講稿，其後收於該館叢刊第二十三號，一九八九年七月出版。原文有關畫作之圖片因印製不便，在本書中從略。

# 新書短評

## 輯二

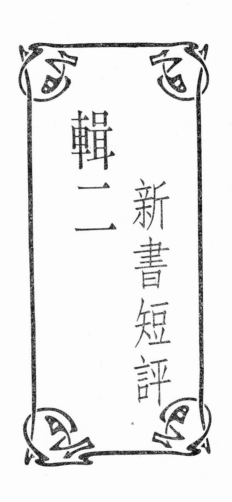

# 評《愛憎二・二八》

（戴國煇、葉芸芸／遠流出版公司／一九九二年二月）

「二二八」經過近半個世紀，時間把情緒沉澱過，社會的承受力也終於培養出來。戴國煇教授和葉芸芸女士的這本《愛憎二・二八——神話與史實：解開歷史之謎》，適時地爲這個歷史的烙痕作了誠懇的紀錄和探討。

戴葉二位爬梳龐雜的史料，訪問過眾多的當事人或見證者，做到了相當關照全面的條分縷析，下筆處處見得多方引證的謹愼。這本書，對「二二八」的因果分析儘管和一般的說法並無太大出入，但對事件發生時可能的內在曲折：對許多相關人士如陳儀、謝雪紅、柯遠芬等人的臧否，其力求以文獻和訪錄爲史實作後盾的精神，卻是眾多以二二八爲題的著作中所不多見的。史學的資料訓練和誠懇的執筆態度，使這本書相當成功地達到了作者所自設的「恨事不恨人，可恕不可忘」的寬宏和持平。

一九九三、一、一《中國時報》開卷版，「一九九二年度十大好書評介」

# 評《臺灣世紀末觀察》

（孟樊／皇冠出版公司／一九九二年十一月）

在眾多談「趨勢」的作品中，孟樊的《臺灣世紀末觀察》是文字精巧思路清晰的一本。但它也比較「輕薄」：雖然有「世紀末」的標題貫串全書，基本上是由許多個別現象的陳述集合而成。這些現象，也可以說是任何時間切面的必然——繼承了許多發展的必然。「世紀末」並不是有特別指示意義的標籤。

但是，在提出這些「必然」時，我們得同意，孟樊的「觀察」的背後也顯示了相當廣泛的閱讀。在解析龐雜的問題，包括政治意識紛爭、勞力市場走向、兩性關係、出版型態、批評思維……時，他大致上能有具體的數據或論述依傍，不至於流入空泛。

我們還得同意，孟樊也擅出標題「點子」：「後偉人時代」、「自由派沒落的時代」、「藝術型專才的時代」、「從手淫到性交的時代」、「理論文字糊化的時代」、「雜誌革命的時代」，都意指鮮明，自成趣味而還能與其實際觀察相切合。這種文字風格，也不妨加入這「世紀末」的趨勢行列，另成一「文字標題化」的「時代」，與我們社會中全面的媒體掛帥、廣告翻新出奇構成一體的走向。

一九九二、十二、三十一《聯合報》讀書人版

# 評《文化苦旅》

（余秋雨／爾雅出版社／一九九二年十一月）

讀余秋雨的《文化苦旅》，你很難不想到《河殤》或者正在頻道上播出的「中國」一類作品的敍述風格。

這些作者們有其共通之處：都走過中國大陸的文化社會動盪，都有細緻的感性，都具備相當好的文字和舊學根柢；不過，也都有時而失之快速的語言論斷的傾向。他們共同表現了大陸這一代深思善感的知識分子的語言和思考特質。

不過，余秋雨顯然較精美。《苦旅》中不僅有相當縝密的學術考證和優雅的散文風格，也有敏銳的人情觀察和現象思考。他寫江南優美的林園「退思園」，取義儘管在「退思補過」，「眼前的水閣亭榭、假山荷池、曲徑迴廊根本容不下一絲愧赧。好在京城很遠，也管不到什麼了。」他寫上海，「在這座城市，你可以處處發現聰明過度的浪費現象。」那怕差三分五分，上海人要費盡心思找一條最儉省的搭車路線，「取道之精，恰似一位軍事學家在選擇襲擊險徑。」而上海人的種種精明通達，討喜與不討喜，余秋雨夾敍夾議夾考證，可以一直推到明末的名士徐光啟。

余秋雨的《苦旅》，因此是這樣一本可以作旅遊伴讀，可以作美文欣賞，也可以作一位美學家遊筆於文化思考的作品來讀的書。

一九九二、十二、十八《中國時報》開卷版

# 評《洪業傳》

（陳毓賢／聯經出版公司／一九九二年八月）

常常使用圖書館的參考部門的人，大概都會留意到一大列叫做「引得」、藍皮大開本的工具書，是哈佛燕京學社所出的。所謂引得，就是我們通稱的索引，原名是從英文的 index 來，「引得」是一個音義兼顧的巧譯。

哈佛燕京學社的引得一共出了六十四種八十一册，重要的中國典籍諸如經史子集和一些類書，都包括在內。它們的編纂方式很特別，也很有體系。使用的人只要查出一個字的代碼，不管在《莊子引得》還是《後漢書引得》還是《太平廣記引得》，都很容易就可以找到這個字在這些典籍中的上下文或出現位置。檢索古籍的人，有了這套引得，從前「上窮碧落下黃泉」還索之不得的資料，現在舉手之勞隨索隨得。

主持這套引得的編纂工程的人是洪業（一八九三～一九八〇），一個近代史上傳奇性的人物。他的一生，從前清到改朝換代民國建立；從進洋學堂的小孩到留學返國，做了燕京大學的教務長；從帶頭質疑基督教義到成爲虔誠信徒；從一個看了《呂氏春秋》就一口氣全本背下來的十幾歲小孩，到負笈美國時主修數學化學到後來成爲哈佛校園的史學重鎭……洪業的一生，博學廣識，有現代人的視野，有古君子的俠風，曾經挽救了敦煌壁畫遭洋人刼掠的噩運，也曾在日本人獄中以言行折服了審訊他的日本軍官。他的英文杜甫研究和主持的引得編纂工作更是對中國文史學界的重要貢獻。

洪業晚年，他的私淑弟子陳毓賢女士以長時間的訪談和蒐集資料。加上從洪業本人得到的第一手生平回顧，寫成了《洪業傳》，民國八十一年由聯經出版。不管從近代史料的角度還是一本生動的儒者傳記的角度著眼，這都是一本値得細讀的好書。

一九九二、十、十四《中央日報》「讀書出版」版

# 評《神話的破滅》

（劉大任／洪範書店／一九九二年九月）

《神話的破滅》是小說家劉大任的雜文集，收的文章遠者自一九六七年寫而未刊的〈柏克萊通訊〉，近則包括這一兩年的時論。

這些文字不僅展示一個曾經經過保釣狂熱的知識分子在四分之一世紀後的省思回顧，也呈現了一個出色的小說家對說理文體的掌握能力，兩者都使這本文集值得細讀。

當然，劉大任是具備批判性格的，但他的可讀主要不在批判，而在對世局的觀察力和對人性的同情能力（empathy）。〈極權主義的美感〉、〈「半邊天」的風波〉、〈飆和爽〉、〈夜行動物〉一類的篇章都是現下雜文和小品中難得的精品。閱歷、知識、思考使這些文章質地綿密；文字的收放自如和精練則更示範了一個好作家的敏銳和自我要求。三〇年代和六〇年代的影響在劉大任的文體中，都呼之欲出，但得到了更好的綜合和超越。

一九九二、九、二十五《中國時報》開卷版

# 評《棗樹的故事》

（葉兆言／遠流出版公司／一九九二年七月）

葉兆言寫的都是戛然而止的故事。過程往往繁複，抽絲剝繭地到人物的內裏去探究行爲和意念之間的細微線索，然而卻沒有答案，故事總在探究的中途，戛然而止。

《棗樹的故事》是個時空龐雜的鄉野傳奇。故事裏，給命運作弄成人盡可夫的小女子岫雲，丈夫慘死的場面經歷過了，跟著殺夫仇人做壓寨夫人的日子也過過了，像部近代野史似的，成爲故事裏不時冒出來的電影編劇、小說作者想挖掘的寫作題材。葉兆言在後設的技巧嘗試中，挖苦自己的小說家角色和小說與眞實間的弔詭，卻讓他的女主角懸在漠漠的時空中，沒有終局。

這部小說集的三篇故事中，〈五月的黃昏〉具備了近似的風格，而故事迥異。當中只是簡單的「叔叔跳樓自殺」的情節，卻湊泊了大批周圍的諸人反應，「叔叔」也像岫雲，身不由己地人盡可妻，不必然而然地死，永遠追索不出眞正的原因，已死而沒有終局。

葉兆言有心理描寫的潛力，有同時掌握都市男女情慾和鄉土人性的野心，至於如何處理終局，也許將是他還要面對的一個挑戰。

一九九二、八、二十一《中國時報》開卷版

# 「趨勢學」的趨勢

## ——評幾種趨勢書

大概要不了多久，「趨勢」會成爲一個學科，世界各地的「趨勢學家」們會忙著彼此串聯、開研討會，歸納趨勢學發展史，比較奈思比（John Nasbitt）派和托佛勒（Alvin Toffler）派方法的異同，辯論東西方趨勢學的基本理念的分歧，檢驗各家的趨勢預言應驗的比例……。

是的，也許從一九七〇年托佛勒出版他的《未來的衝擊》（*Future Shock*）算起吧，二十幾年來，「趨勢」的探討一天比一天更成爲我們的時代的「趨勢」。

托佛勒每隔十年就出版一本席捲書市的趨勢大書，《未來的衝擊》之後是一九八〇年的《第三波》（*The Third Wave*）。《第三波》之後是一九九〇年的《大未來》（*Powershift*）。而這之間，奈思比夫婦檔也在一九八二和一九九〇年各出版了一本暢銷的趨勢報告，較近的這本《二〇〇〇年大趨勢》（*The New Directions For 1990's Megatrends: 2000*）國人尤其耳熟能詳。

去年，女性趨勢分析家費絲波普康（Faith Popcorn）也出版了她的《波普康報告》（*Popcorn Report*）。她姓的「波普康」就是「爆米花」的同一字，我們因此有了《爆米花報告》的中文版。爆米花女士是美國「智庫」公司的負責人；擁有兩千員工的智庫公司專門研究消費心理和消費趨勢，爆米花女士被《新聞週刊》譽爲「準確度高達百分之九十五」的趨勢預測家。

這些趨勢作者，與其說是預測家，不如說是觀察、統計和歸納現象的人。

托佛勒討論半世紀以來，人類社會改變的過程和方向。《未來的衝擊》是劇變的警告，「用過卽丟的社會」、「感官的過度負載」、「進化」之途的競逐，是他憂心忡忡的觀察。人類唯有學會掌控進化的方向善加設計，才能免於被進化導向自毀。托佛勒的基本觀點在他後來的兩部書中依然延續。《第三波》著重於描繪近世科技與社會型態的激烈改變，托佛勒以農業革命爲人類歷史的第一波，工業革命爲第二波，一九五〇年代中期以來的後工業革命爲第三波。第三波革命帶來生產消費方式的改變——產銷合一，帶來媒體小眾化的趨勢，也將帶來二十一世紀的新型態民主，然而大方向的掌握仍靠人對於變動方向的認識和對前景的關切來決定。在他的下一本書中，托氏更抽離出「權力」因素來歸納世局的變動和未來的方向，而也因此，暴力／財富／知識的三邊權力移轉，成爲他的《大未來》一書中人類藉以導向一個二十一世紀新民主體系的希望所在。

和托佛勒相較，奈思比夫婦及波普康的野心小得多。托佛勒所拈出的「衝擊」、「第三波」、「權力」，都顯示了他想以一個中心意念來解釋大的世局變動的企圖。而這些意念，也果然成爲二十年來討論趨勢的最常見引用的詞彙。相較之下，奈思比的兩本「大趨勢」、波普康的「報告」都較著重於社會現狀的資料歸納，提出印證現狀的預期或建議。他們從數據中告訴我們文化的可能走向，分析出人類在資訊時代的各種生活變動，以及，不管是身爲企業者、員工，還是爲人父母、爲人子女，我們「可預期的明天」是什麼。

我們也許會想問這樣一個問題：趨勢的好奇難道是現代人的專利嗎？仰觀天象俯察地理，據說能知過去未來如孔明先生和劉基先生，他們不是古人中的趨勢專家嗎？甚至於更早的《易經》，不也是就天人之際的某種關聯歸納出規則，並認爲我們能運用這些規則，作數象推衍、測知人事嗎？

而當然，所有好的歷史家，也同時都相信歷史除了記事，也是鑑往知來的憑藉，歷史與現狀的參照，因此往往也就蘊含了洞燭前景的智慧。

日本的堺屋太一是一位經濟學者，曾主持東京的萬國博覽會和筑波科技博覽會等大活動，是日本觀念界的重量級人物。他在一九八六年出版的《智價革命》一書，可能是東方世界裏趨勢研究中最有體系的一本。堺屋認爲，後工業時代的特徵是「智慧價值」所扮演的角色。托佛勒稱我們的社會是「用過卽丢的社會」，堺屋認爲智慧如今也是用過卽丢，它使勞動與生產手段重新合而爲一；它也使未來的社會會成爲一個「智價社會」，一個以「智慧價值」爲經濟成長的主要資源的社會，整個社會型態都無可逆轉地將朝向這樣的方向推進。

作爲趨勢預測，《智價革命》在性質上較近於托佛勒，想從抽象的意念出發，來解釋世局的走向。堺屋的另一本書，雖然嚴格來說不是趨勢書，卻是如前面提到的，一本以歷史和現狀參照，而蘊含了洞燭前景的智慧的書，這本書是《如果現在是歷史》。

《如果現在是歷史》從力挽克萊斯勒於既倒的艾科卡寫起，全書分爲〈人物〉、〈國家〉、〈世界〉三篇；出入古今中外，以古喻今，以今證古，而每一部分都歸結到對日本的檢討和諷諫，資料的掌握和洞察力都相當可佩，也比泛泛的趨勢排比更具備知識性的趣味。

比較起來，國內的趨勢研究似乎還沒有出現系統性的專書或「智庫」類型的諮詢公司。比較顯著的工作，還是對國外有關著作的翻譯。前述這些美日研究者的著作，差不多都在一兩年內就有了國內的譯本，並且也都得到了相當廣泛的注意。遠流、時報和天下是對譯介趨勢研究投入最多的出版公司。

在爲數不多的國內趨勢研究者當中，我們也許會想到標舉「未來學」的賴金男，以及人口學者陳寬政。不過，以趨勢爲焦點，長期觀察整理的，也許應該首推詹宏志；詹宏志也主編遠流出版公司的【社會趨勢叢書】。他在一九八六年所出版的《趨勢索隱》可能是國內第一本討論社會結構趨勢的專書。不過，這本書雖然整理爲〈新商人〉、〈新工人〉、〈新社會〉三個大單元來討論臺灣的社會變化，基本上不是整體構思和大量資訊歸納後的產品，而是單篇議論的整合。一方面，這是因爲國內還無法提供一位趨勢學者充分的資料後援；另一方面，我們的社會對趨勢分析的需求也仍有限。但詹氏雖然不是從大量的資料和統計中去作歸納，他對於臺灣近年的社會互動現象、文化新生現象，卻提出了許多有趣的觀察，也顯示了敏銳的分析能力。

趨勢研究本身之爲趨勢，無疑是可以充份預期的。它既是人在一個變動不居的時代努力追求一點確定性的標記，也是人對世事仍有規則可循所表露的信心。這樣的努力和信心，說明了爲什麼幾乎所有當前的趨勢作者，卽使給我們的資料中充滿警訊，他們的結論都相當樂觀，對人類解決自身問題的能力未嘗懷疑。

一九九二、五、二十九《中國時報》開卷版

# 評《寫給臺灣的信》

（龍應台／圓神出版社／一九九二年元月）

龍應台曾經是一個「現象」，引發強烈的好惡。喜歡她的人被她文字裏的訊息所感染，產生情緒性的回應；不喜歡她的人因爲那些訊息而不安，也產生了情緒性的回應。然而這兩極的情緒性的回應終究只是一個特定時空下的產物。她的《野火集》，如果出現在八〇年代以前的管制嚴峻的社會，大概火苗會立刻被澆熄；如果出現在八〇年代以後的言論尺度大幅開放而且全球性的變革提供了更多角度的思考空間的社會，則不會得到低燃點的火引子。龍應台自己也曾承認，在一個正常開放的社會裏，《野火集》沒有受到那樣廣大注目的條件。

從《野火集》到《寫給臺灣的信》，這期間臺灣社會固然見證了大幅度的變動和開放，但跟整個世界鐵幕瓦解、冷戰終結的大變局比起來，卻又微不足道。而因緣際會，龍應台這回站在「六四」前的天安門廣場上，站在圍牆崩塌的東西柏林邊界，站在莫斯科街頭，對這九〇年代門檻上的世界變局提出她的觀察和思考。

《寫給臺灣的信》，因此，是一本報導文學。題材的性質和客觀環境的改異，都使它不會像《野火集》那樣易燃，而龍應台本人，在不同的時空中，似乎也調整了發言策略，省察多於憤怒，指陳多於指責了。

《寫給臺灣的信》一共有二十篇（而不是二十「封」）。這些文字的體例完全不是書信體，其實沒有理由稱「信」。）另外有一個「附錄」，包含了九篇總題叫「時代的巨輪」的文字，體例和內容都跟前二十篇沒有什麼不同。作者或編者其實欠著讀者一個解釋：為什麼這書分成這樣兩個部分？為什麼二十九篇性質相似的文字會有九篇成為前二十篇的「附錄」？這書，如果要分，比較眉目分明的分法也許是，以對跟中國的問題或民族性有關的批判為主的前四篇（也許加上〈我去尋找敵人〉一篇）為一類，這部分語調上承接了《野火集》的餘緒，可以視為從《野火》到《信》的過渡；跟北京有關的記述有三篇，包含了一些相當瑣碎的個人事務，差不多是全書最弱的一環；對改革衝擊中的莫斯科街頭的觀察有八篇；其餘各篇大致是柏林圍牆倒塌後的德國生活體驗和對兩德問題的思考。

整體來說，龍應台敏於觀察，勇於發言，文字流利明快、感性豐沛。而這本書的長處短處也都在這裏。這些「信」，以語言的感染力簡化了許多社會經濟大事的複雜內涵，也以純粹的感性代替了這樣性質的報導所需要的因果分析和制度解剖。作爲報導，它們太浮面，作爲文學，它們看起來很急就章，精緻的程度不够。但是，龍應台是明快的，她以有效的意念傳達，相當程度地彌補了這些弱點，她的感性的基調對於習慣於文藝版文體的讀者而言，也許也是更易於被接受的發言方式。

龍應台大量地運用人物素描、對話、場景剪接、新聞側寫，這是這些「信」的「文學」性所在。在比較成功的地方，她在對人對事的描繪中凸顯了背後隱含的意念：她寫從東德來幫傭的女孩，老牛破車一樣絕不會自動自發，費一下午唇舌依然教不會她解決幫小寶寶找一雙襪子的起碼難題，幾個回合下來，集權體制和人的個別行爲模式的關聯已經呼之欲出，筋疲力盡的女主人於是掉轉筆尖來指出這樣的問題：民主的弱點就是它的優點，「自由就是更沉重的責任」（〈幫手〉）。

這一類的人情和意念交錯引證、互爲啟發，是龍應台相當擅長的一種寫作策略，全書這一類的例子不少。龍應台也時而有動人的抒情段落。〈在一條泥土路上〉寫跟自己家人走在林間的小路上，「生命豐滿圓熟」，定義著幸福。而同一個時間裏世界上的其他角落，當然可能正進行著殺戮欺騙，喬治史坦納的「平行時序」於是成爲龍應台的另一個湊泊人情和意念的例子。這篇文章的結尾是一段美麗的散文，顯示龍應台的抒情能力，也是感染能力：

> 卽或不去想那陰暗的平行時序，我在萬千翻起的白樺葉上看見秋色一日濃似一日。行走在漠漠穹蒼與莽莽草原之間，感覺到凋零肅殺之氣一日寒似一日。陽光漸漸淡落下來，拉長了蘋果樹的影子。一切醞釀、一切期盼、一切成熟、一切豐潤，都向虛無與幻滅滑落。在極致的完美、深沉的幸福中隱藏著鉅大的、黑色的憂傷。

但是，在運用這些文字策略，進行著意念的文學性傳達的時候，《寫給臺灣的信》也同時充滿著無法讓人信服的情境經營和某種也許出於強烈的自覺而產生的虛誇。作者營造了太多的「身歷其境」。《時代》週刊式的街頭採訪切片在這些「信」裏彷彿不必依賴採訪，拈來卽是。隨處遇到的人，左右鄰舍、親朋好友，總之都剛好提供了恰如其分的對話和經驗，印證了作者的主題所需要的論點。對這樣一本必須以報導文學視之的作品來說，這樣的寫法一則失眞造作，二則也使作者介入太多，到處都是自己的影子，一個報導者所需要的客觀空間因而難以建立。這種過度介入也使一個報導者，也許自覺也許不自覺，但顯然非必要地總在作自我定位。《寫給臺灣的信》的書名已經隱然有幾分「告全國軍民同胞書」的意味（中外作者中以「信」名其作品的通常都是「寫自」某處，如《歐遊書簡》、如 *Letters from My Windmill* 之類，以表明「信」的性質和範圍，除非是費希特那樣，心心念念德意志該起而統一歐洲，才會出現「告德意志民族」〔Reden an die Deutsche Nation〕這樣的題目。）這種自我定位意識的強烈，在有關北京的幾篇裏，尤其明顯，《信》裏爲警察局裏的便衣是自己的讀者、自己的話讓北大學生掛著上了電視鏡頭……作紀錄；爲跟方勵之見面而想到「名人與名人之間」誰去看誰有著某種意義……這些有水仙花傾向的自覺恐怕是較客觀的評析報導所應該力求避免的。

然而，《寫給臺灣的信》是一本可讀性高的書，它可以更客觀，可以更平實，可以更精緻，但達到了這些要求的書，卻未必有同樣的語言效果。這些「信」，仍是一個銳利的觀察者留給她的時代的見證。

一九九二、五《聯合文學》第九十一期

# 在迷津中造境

## ——評《溫州街的故事》

（李渝／洪範書店／一九九一年九月）

李渝可能是目前還繼續創作的小說家中，保留了最多六〇年代「現代文學」時期的主題意識和語言風格的一位。

《溫州街的故事》是八〇年代的李渝在言論的空間放寬後重新展現的六〇年代感性。在內涵上她延續了白先勇式的懷舊（《遊園驚夢》），聶華苓式的少年自剖（《失去的金鈴子》），王文興式的抒情（《家變》），乃至於陳映眞式的抗議（〈我的弟弟康雄〉）和水晶式的意識跳接（〈沒有臉的人〉）……她的語言風格則既看得出時代的影子，又十足鮮明地爲作者所獨有。

也許應該說，《溫州街的故事》是李渝的語言展示。收在書裏的七篇故事，主題單純，故事簡約，著力處其實盡在語言所鋪陳出的轉接效果和情境氣氛。而讀者如果展卷覺得晦澀難解，主要也來自語言的藩籬。這七篇故事寫成於一九八三年到八九年間，在書中卻由近作排起，倒序而列。作者自謂是「希望你（讀者）和我一翻開這本書，能看到後寫的比較像樣的句子；早寫的東西，自己都怕看呢。」這個說辭，可以視爲自謙，但也說明了作者對「句子」（語言）的重視。但是，正因爲語言是李渝的小說的重心，除非原本就是熟悉她的語言風格的讀者，否則，《溫州街的故事》正應該一反書中的排列，依創作先後閱讀逐步得到掌握語言的憑藉。

放在篇首的是寫成於八九年的〈夜煦〉和八七年的〈她穿了一件水紅色的衣服〉。兩者都拿一樁呼之欲出的近代聞人間的愛情故事做底子，前一則是名伶愛上一個官員，婚後卻生出鉅變；後一則是曾和藝術家私奔的女子後半生又和一個從政的有婦之夫拾起一段情。故事並不複雜，但李渝不斷以文字造境，爲了營建敍事風格而「外造」了相當勉強的敍事者（前一故事裏的迷戀女伶的小孩和後一故事裏結尾處突然出現的「小玉」）。在幾乎毫無預警的時空錯雜和人物跳接之間，也許最仔細的百分之五讀者可以大略串起故事的因果，還算仔細的百分之十五讀者可以領略寫情寫景的纏綿，其餘八成讀者可能完全迷失在文字迷津中。如果李渝希望讀者能從開頭這些故事讀到「比較像樣的句子」，恐怕故事的可讀性爲這些「句子」已經付出了龐大的代價，故事的布局上的缺陷卻並不曾因爲「句子」的經營而得到補償。

排在後面的五篇故事，自傳意味強烈，時空錯雜的野心較小，內容也明顯地和作者所擅用的敍事語言更能配合。在這些故事裏，李渝一貫地運用切碎的段落來代替對話推展情節（和第一篇大量的不加標點的敍述和意識模擬恰恰相反）。其間顯然不純是風格使然，而有相當大的實驗意味。讀者在這些故事中已經被迫要自行在敍事的留白處加上必要的想像。（諸如在讀到「果然從某處海岸經過樹林午夜時進入溫州街。狂人似地在屋脊奔走……」必須和三個段落前「父親」說的「恐怕就是今夜哩。」之間自行塡上「颱風將至」的聯想）但因爲需要的想像大致能從故事本身獲得憑藉，李渝式的語言，在這一部分的故事中展現了作者擅長的抒情風格，簡淨地省下敍事，把空間留給流麗的白描去發揮。而熟悉了這樣的敍事方式的讀者，回到前兩個故事時，也較能在留白停格及跳接之處，參與塡補聯接的工作，得到另一種不同的閱讀經驗——在相當多情況下，也是愉悅。

這本集子的後期和相對前期的作品，其實，也顯示了李渝想從純粹的「溫州街經驗」——四、五〇年代的臺北一個公教人員家庭和知識分子生活圈的回顧、緬懷和特定事件的捕捉之中跳脫，把個人感性交織入大時代的動亂背景中去，這樣的嘗試和企圖是可喜的，雖然，對李渝這樣以感性和語言藝術取勝的作者來說，它也是對更全面的創作能力的挑戰，留給我們深切的期待。

一九九二、二《聯合文學》第八十八期

# 評《大未來》（*Powershift*）

（艾文・托佛勒〔Alvin Toffler〕／時報出版公司／一九九一年一月）

十九世紀末葉以來，文明往前推動的速度使許多敏銳的心靈都開始憂慮人類的前途。當舉世爲科學技術或強大的政府所帶來的新體制或高效率而歡呼的時候，他們獨獨憂心，而且奮力想警告世人——小心這文明的步調和節奏！

這一類警告，要者如《美麗的新世界》或《一九八四》，它們有一個文類上的稱號，叫「反烏托邦」（dystopia; anti-utopia）；因爲這類作品對人類前景所抱的悲觀信念，和之前數千年裏無數的烏托邦作品成爲鮮明的對比。

艾文・托佛勒（Alvin Toffler）不是一個烏托邦或反烏托邦的建構者，但相同的是，他具備了從現狀推論未來的敏銳，而且也對這文明的步調究竟要將人類推到哪裏深具關切。

他雖然不作烏托邦式的模擬，卻在對全球的經濟、資訊、企業、政治、科技、戰略各方面現狀的探討和分析中，不斷試圖歸納，冀求爲人類指出一個可行的方向，也指出應避免的陷阱。

《大未來》事實上是托佛勒可以稱爲「未來學」三部曲中的第三部，一九七〇年的《未來的衝擊》(*Future Shock*)和一九八〇年的《第三波》(*Third Wave*)討論了半世紀來人類社會改變的過程和方向。初版於一九九〇年的《大未來》則思考如何面對和控制這改變的浪潮。托氏在當前的舉世大變動中抽離出一個最關鍵的因素——權力。從權力的分崩解析、整合和移轉的種種現象中去歸納現世，預估未來，這本書的英文原名，因此是*Powershift*(權力移轉)。

相同於許多反面烏托邦思想家，托佛勒有他的悲觀；因爲他相信如果一套二十一世紀的新民主體系不能設計出來，人類的境遇就可能退回工業革命前的黑暗期。但同時他也有他的樂觀，因爲在眼前最重要的暴力／財富／知識的三邊權力移轉中，他相信知識是最高品質的權力來源，且有希望發揮它的獨特作用，扭轉乾坤。

一九九二、一、十《中國時報》開卷版，「一九九一年度十大好書評介」

# 以語言為大化

## ——評《鼠咀集——世紀末在美國》

（喬志高（高克毅）／聯合文學出版社／一九九一年三月）

西學東漸以來的一個世紀，中國人而兼擅英文的固然是人數愈來愈多，但是，若要論中英文都運用精到，下筆自如的，這一世紀中數得出來的並沒有幾人，其中喬志高（高克毅）先生又是非常獨特的一位。

高先生的中英文背景（生於美國，成長於中國，受教於中美兩地），加上他的新聞專業訓練和對語言文學的廣泛興趣，使他在兩大語言之間時而是嚴謹的傳譯者，時而是生動的新語新詞詮釋者，時而是深刻的記述評論者。他遊刃於語言、文學、新聞和社會觀察之間，妙趣橫生，針砭中節。更因爲高先生一生在文教、新聞工作中交遊所及不乏風流蘊藉之士，於是也時有憶舊懷人之作，兼見文采與史筆。

高先生最近由「聯合文學」所印行的新書《鼠咀集》便是一本充分展現了他在這許多方面的博覽廣識和精到風趣的敍述風格的一本書。《鼠咀集》書名的由來，是因爲高先生每年冬季偕家人像候鳥一樣由美東南下佛羅里達的「鼠咀灘」(Boca Raton)小城過冬，書中大部分文字在那兒寫成之故。《鼠咀集》內容共分六輯，計爲〈世事〉、〈語文〉、〈文學〉、〈美語〉、〈人物〉和〈自己〉，另有一個附錄，收集了旁人對作者作過的記述或評論文字。

這些篇什雖然題材牽涉甚廣，但卻也可以以一個主題綜合之，就是「語言的趣味」。對高先生來說，語言是機關重重、蘊藏萬端的東西。他可以從華爾街的新詞推究當前的世紀末特質，從中英夾雜的風氣談語言衝擊的文化意義，從美國總統的競選詞彙分析各候選人的風格和境遇，從廣告看商業語言的巧致……即使懷人悼舊，友誼中的動人也莫不藉語言的記憶傳達。而讀者，小則識得了 beltway mentality(腰帶道心態)是什麼意思，雷根總統的綽號爲什麼叫吉普兒(Gipper)，大則鑑照中西，隨著高先生風趣的指引看到許多語言現象所觀照的社會百態。

這樣一本豐富有趣的書，借用高先生自己的話，絕非「小兒科」而是「尖端」「微妙」的語言資料。高先生是出了名的謙謙君子，這話是極難得的較不「客氣」的夫子自道，但用來看《鼠咀集》，其實還沒眞說出它的豐富趣味。對語言文學有興趣的，對當世社會關切的，能欣賞出入於中英語言的微妙意涵的人，都該自己捧書一讀，也必能從中讀出無限的意味與心得。

一九九一、十、二十七《民生報》讀書周刊

# 比附與抗衡

## ——評〈蒲公英〉

在這篇散文裏，春來自發的蒲公英包容了廣大的象徵：它象徵了自然生機與人的意志力的對抗、被支配者與支配者的勢力消長和兩性意識的拉鋸。作者想表達的東西看似繁複而其實單純。她（姑且假設是「她」）把敍事者對自身命定處境的質疑投射在小小的蒲公英身上，大的抽象題旨因而得到一個具體的引線，然而，卻也因此而不免牽強做作之病；到底，蒲公英是蒲公英，以文字舖排補足的比附，有時候讀來像膨脹了一個不甚相干的道具，使人眩眩然失落了焦點。

但是，這仍是一篇用心之作。整體上意念明確，語言成熟而且跌宕有致。作者寫春日，「風暖如衣，我將窗戶打開，小屋如船要在陽光中駛出去……」，大有散文詩意趣；她寫蒙昧的蒲公英（或女性意識），「在想像中創造自己，發亮如星球，快樂如大舉到來的春天，不知卑賤與不公……」卻「在不可置信的錯愕之中，在理解之外」發現眞相，寫來詞意鏗鏘。然而，敗筆也頗有幾處。「男人必須學習如何擴張自己，然後了解自己的極限，而女人必須學習限縮自己，克制擴張的慾望，至少，在女權運動有任何成果以前如此。」放在全文中有些不知所云，這多少也是一般想在創作中加入意念或哲理的作者易犯的通病。

〈蒲公英〉也是一篇結構頗見經營的文字。阿拉伯數字標示的分節和英文字母段落的摻敍，顯然想製造雙線交錯的效果，使兩個女性（敍事者和她的朋友阿妮可）的觀察和感受互爲對照。最後一節以數字和字母並用（7：G），則暗示意念的匯合歸結。這樣的設計，有其巧思，但也相當人工，因爲阿妮可的出現和蒲公英一樣，道具意味很重，讀者仍然很容易迷失在交錯的結構設計裏，而對阿妮可在全文中的出現和消失覺得突兀。

尊重生命與自然的主旨，比對了人工的文字經營，竟也成了這篇作品在內容和形式之間的一個有趣的抗衡。

一九九〇、十、五《中國時報》人間副刊，「中國時報年度散文獎評介」

〈蒲公英〉爲該年得獎作品，作者張讓。原作刊於同日人間副刊

# 知識的反諷

## ——評《唐倩和她的情人》

（張靄珠／晨星出版社／一九九〇年三月）

從陳映眞的年代輪迴再生的唐倩，這回，連同她的情人，在張靄珠筆下出現了多種變貌。

張靄珠善於嘲弄知識分子的水仙花情結，誇張他們的姿態和語言。這點，比諸寫〈貓〉和〈靈感〉的錢鍾書也不遑多讓。但也和錢氏一樣，她間或嘲弄得失控。在作爲書名的〈唐倩和她的情人〉中，這點尤其明顯。唐倩像換襯衫一樣換情人，換到街頭運動家陳理強時，情節雖愈像在「寫實」，唐倩和陳理強的角色眞實性卻愈低，成爲鬧劇造型。

但似乎，在其他故事裏，當「唐倩」們擺脫了輕知識分子的姿態，便反而得到有血有肉的面目。〈尹秀的一天〉裏的尹秀，從轟轟烈烈談過戀愛的大學女生，變成了俗氣實際的會計師，但同時卻也是擔起一家人生活重擔的大姊。〈一九八九年夏天在紐約〉裏的李若，不僅讓婚變和工作烙煉成堅強的婦人，也同時是個執著於母職和民族感情的女子。至於〈地下的魚族〉裏放棄追求文學博士學位、改讀電腦，因而得到一個「明淨的秩序」的「我」，以及他的那些文學故人，則一個個是掙扎於理想和現實之間的「唐倩」以及她的詩人、哲學家情人。因爲讓他們走過了更實際的掙扎，對這些人，張靄珠賦予了他們明顯的同情，以及明晰得多的面目。

這樣的創作態度，從她對〈水霧〉的女主角和〈飛越不了的杜鵑窩〉裏的喬治小子的處理，也不難看出來。這兩個角色，剛好都有機會在故事中和另一個知識分子主角相襯托，而顯示了他們較眞誠的感情世界或較童騃式的人生目標。他們沒有耀眼成功的條件，但卻具備了不待知識粧點的生命原味，這樣的角色，也顯然構成了對唐倩式人物的另一層嘲諷。

張靄珠有很好的文字駕御能力，善於融合學院語彙和俏皮的敍事口語，探討許多社會面相時也顯示了冷靜的洞察力，對於小說家而言，這些無疑都是有利而重要的條件。

一九九〇、五、四《中國時報》開卷版

# 共和國，你要記住，這些為你奮鬬的孩子

——評《天安門一九八九》

（聯經出版社／一九八九年八月）

天安門屠戮事件後兩個多月，聯經公司出版了十六開厚達五百餘頁的實錄《天安門一九八九》。「六四」之後，國內文化界有不少人在爲這個震驚全球的血淚事件保存歷史，我手邊有的印刷出版品便包括了以圖片爲主的日誌，事件中各種傳單標語的合集，還有言論、漫畫、訪談集等，各盡其史筆之責。不過，若以搜集的廣泛、印刷的精美和編輯體例的完備來論，應數這本《天安門一九八九》爲最。

青史不能成灰，任何人，記得五十天裏天安門前無數同胞的歌哭愛恨，期待與淚水，以及最後無辜的鮮血的，都應該留一本《天安門一九八九》的紀錄，應該讓這血淚織成的歷史

烙在心上，作為所有中國人共有的驕傲和恥辱，提醒我們永遠不要容許歷史重演。

《天安門一九八九》主要分成三部分：以圖片為主的學運紀錄、事件前後的相關文件和大事日記，以及慘案現場的地理位置圖。

第一部分收集了三百餘幀照片，從「六四」凌晨發動的三十六小時屠殺，再倒溯回四月十五日因「悼胡」而起的星星之火，和後來蔓延成燎原之勢的遊行抗議及二十一晝夜絕食，終致海內沸騰、全球矚目。這一部分同時也配合了詳盡的背景因果的說明。

以這些圖片和說明來對照第二部分的「民主風潮大事記」（四月十五日至七月四日）和人物介紹、官方民間的文件資料、事件的追述等，不僅整個事件的發展和實況因此脈絡分明，更能使讀者對民運的行動和意念有深一層的瞭解。以往我們也許看見行動的浮面，現在可以透視置身其間者的處境和心理衝擊。

舉例來說，四月二十二日中共在人民大會堂舉行胡耀邦追悼大會之後，有三名學生，包括為首的吾爾開希，手執請願書跪在大會堂前希望遞交給國務總理李鵬。這件事，對當時在海外注視的人不啻一記悶棍：訴求民主的知識分子向官員下跪？天下豈有是理！這件事情，從書裏的圖片部分可以看見學生跪求的鏡頭，從說明當中我們了解到要不要下跪，在當時曾在學生間引起強烈的爭議，主張跪的學生，理由是「跪就跪吧，中國人什麼時候站起來過！」這當中，有諷刺、有自暴自棄的反彈、有激將（包括對李鵬和對學生自己），也有以柔克剛的老子哲學。但是學生跪了整半小時，大會堂裏沒有任何反應。這件事帶給學生徹底的羞辱和絕望，在場的學生痛哭失聲，還有人敲破玻璃瓶要刺腹自殺。這件事也把學運帶進了另一個階段，北京各高校因此組成了「團結聯合會」，宣布總罷課，隨即上海、南京、天津等地紛紛跟進，形成全國的風潮。

同一個事件，從第二部分的文件中，我們看到一首從天安門抄來的題爲〈淚流完了，只有血在燒〉的詩，這是一位自稱「二十歲的男子漢」的無名詩人對這樁跪求民主事件的痛哭：

好久好久我沒有哭過
四・二那天，那三個代表跪下的時候
我的淚流淌成河。
在人民大會堂前，在人民的大會堂前。
……

在人民的公僕談笑民主的地方，
三個要求民主的人跪了下去——
像伍子胥跪諫夫差，
像岳武穆跪受斬刑，
像林則徐跪受貶謫……
跪下去了，跪下去了，跪下去了
……

這無名詩人的血淚，恐怕正好連接起那跪下的、痛哭的、憤不欲生的和各地無數且驚且怒的中國人的心情。

類似這樣經由畫面和文件資料的編採，使民運過程中許多事件的意義和眞相更加明晰，無疑是《天安門一九八九》的一個成功的特色和貢獻。

・　・　・

書中的三百多幅照片裏，有許多畫面是我們熟悉的：屠戮的畫面，天安門前陽光下旗幟成海的畫面，絕食學生奄奄一息滿地狼藉的畫面，王維林一個人擋在一列前行中的坦克前的畫面……，也有些是他處少見的：有一張是一名絕食學生繫著紅布條跟一整排解放軍對坐著，解放軍背後是大會堂「旗幟鮮明」的紅色標示：「為人民服務」。這眞可以和那首〈只有血在燒〉的詩合讀，構成「人民政府」的最佳反諷。使人過眼不忘的還有戒嚴期間，學生在廣場人羣裏翩然起舞、吹簫奏樂的鏡頭；在屠殺的邊緣學生流著淚、互相攙扶著從黑暗的廣場撤退的鏡頭；一名碑匠在屠殺後守著大批墓碑石等候顧客上門的鏡頭；白色恐怖開始，一排兵押走了兩名學生，把他們的吉他跟自己的槍背在一起，招搖過市的鏡頭……。天安門前，壯烈與浪漫互生，理想和現實對照，無窮的希望瞬間與酷烈的絕望成為表裏，沒有什麼語言能比這些圖片作更傳眞的陳述。

這許多圖片還傳達了一個耐人尋思的訊息。我們都知道文革十年對傳統文物的摧殘和教育的破壞，也知道今天大陸的高等教育的低成本政策：教授月薪不及工人，傳道授業的人生活在最蹇困無尊嚴的環境。可是，廣場的大字報、標語、傳單，當中卻隨處有佳作。他們善為對仗：「英雄胡不長壽／我輩誰來耀邦」；嘲諷：「國不在強，專制則名；民不在富，順從則靈」；戲劇效果：一個自署「中科院窮光蛋」的人拿一頂寫著「動亂」的草帽覆著臉，躺在地上，身上蓋著一張大紙板：「我把米飯留給了最饑餓的人！」那些招展的旗幟、大幅標語、告示，有許多字也寫得好極了——遠遠好過我們此地多數羣眾集會裏出現的書法；我們還不能不承認，「六四」之後海外各地樹起了不少重塑的民主女神像，但沒有一個面目神態有廣場上那個原始塑像的自然合度。……五十天的民運，能這樣牽動所有中國人的心，使我們流淚傷痛，固然因爲它的澎湃廣闊，主要更因爲那當中顯露了民族的溫柔精緻、顯示了在粗衣糲食和陋室之中，依然產生了動人的才情、夢想與廣大的理性。也該說是「吃的是青草卻奉獻出牛奶」吧，爲這些可傷痛的年輕的菁英，《天安門一九八九》留下了無可如何中的血淚紀錄。

・　・　・

人類曾走過歷史的長流中無數血淚交集的時刻。在這些時刻，歷史常常是瘖瘂的，因爲有血淚的往往無言語，他們轉瞬沒入蒿萊，與草木同朽，那背後的期盼和慘痛因而湮失無存，更不要冀求後人從這樣的慘痛中汲取任何教訓指引了。

從這個角度來看「六四」天安門，也許我們要說它是歷史的不幸事例中幸運的一個。四月的亞銀年會和五月的戈巴契夫訪問，使北京麕集了數千來自世界各國的記者和訪客，他們因緣際會，替全人類的眼睛記錄了五十天當中天安門前澎湃的熱血、燃燒的希望，和最後慘絕人寰的屠戮。

這樣完整的紀錄因而是偶然不是必然，在慶幸這一頁原可能湮失的歷史得以保存時，我們更不能不祈願，這慘痛的歷史要成爲中國人永遠的教訓。廣場總指揮柴玲在逃離大陸後，六月八日透過香港無線電視臺錄音訪問，一邊哭泣一邊告訴世人她仍活著。我當時聽了錄音，《天安門一九八九》也收了訪問的全文，文字中雖聽不見哭泣，她在訪問中說的「共和國，你要記著，你要記住，這些爲你奮鬥的孩子們」，相信仍不斷要喚回我們的熱淚。

殺自己的孩子的「共和國」會記得這些爲它奮鬥的孩子嗎？我不知道，但這部費心編成的紀錄會幫助世人記得，而只要世人還記得，那「共和國」也就不要想忘記。

一九八九、九、十八《聯合報》聯合副刊

# 田園短調

## ——評〈伊妻〉

（沙究／收於《浮生》／圓神出版社）

沙究是個喜歡探究人性的作者，他的許多故事，如〈浮生〉、〈高岡多景〉和近作〈四色旗〉，都顯示了他挖掘人的心理和探索事物本然的強烈興趣。這篇〈伊妻〉，比較起來是篇樸素得多的作品，但在短短的篇幅中仍然一步步帶領讀者走進一個老農的內心，分享他對鄉土情愛的表白。

〈伊妻〉的故事很簡單，說的只是一個喪妻的老農到城裏和兒子媳婦同住，打零工爲生，卻在一再夢見亡妻無言相對後，忖度妻子的心意是要自己搬回鄉間，於是回到老厝，讓荒廢的田園重新生出綠意，「一切又活過來啦！」

第一人稱的敍述手法使我們得以進入老農的感情世界，接受他的價值觀。不過，樸素的語言可以表露他對亡妻的篤愛，卻無法表白他在鄉土和城市之間的感情掙扎，這需要繁複一點的思維和相襯的語彙。在城裏的老農，因爲是熟練的泥水匠、有兒有孫，彷彿也可以頤養天年，隨遇而安，然而老農是不安的，他所無法表白的不安，在故事裏於是由亡妻的出現替他表白了。但她所作的只是無言的「表白」——她應該無言，夢的解釋眞正反映的是解釋者的主觀，亡者無言，我們才知道生者得之於無聲中的正是他自己心裏的聲音。

故事裏三段亡妻夢中現身的插曲看似詭異，但我們如果把夢境前後的情節加以檢視，便不難看出亡妻原來是老農心中想「回家」的強烈意念的替身。老農第一次夢見亡妻是在偶然回到鄉間跟鄰居朋友痛快喝酒後被兒子找回城裏去；第二次是跟著兒子打了一個禮拜磨石地零工，上了年紀，自覺勞累耗損；第三次是騎著車子到萬華看朋友，走錯了路，敗興而返，想到在城裏「你表現太乖巧，別人會笑你土，裝作逆來順受的樣子，人家又笑你傻，做人做到這地步，最好是不要出門。」這天晚上，亡妻又出現了，仍然不說話，只是委屈難過地看著他。

委屈難過的其實是老農自己，雖然他並不自覺，反而以爲自己是「學精巧」了，「單單一個人，種作幹什麼?」樂得任田園荒蕪。然而卻因此「許多和我有關係的東西漸漸踏上死亡的境界，……大門一鎖，這間厝就像孤魂由它去發霉攀蜘蛛絲。」回到老厝的老農才讓他的半甲田重新長出綠綠的稻子，窗前纏卷的豌豆重新蔓生，「一切又活過來啦」的歡呼，除了寫實也是象徵。亡妻自此不再出現，可以解釋爲她也回到他的有生命的世界裏，得到了平安。

回歸田園是一個古老的文學母題，〈伊妻〉的敍述手法，不失爲這個母題中一則可喜的短調。

一九八八、十《光華》雜誌十月號，「名家推薦小說」專欄

# 駁雜中見性情

## ——評《更上一層樓》

（林以亮／九歌出版社／一九八七年五月）

《更上一層樓》基本上是一本讀書筆記的合集。作者能體會讀書之樂，進而邀讀者同享；閱讀有所會心，短則發爲雜俎式的文思錄，長則出以文論書評。雜記部分多爲詩文軼事之隨想和心得，評論則多以翻譯大家或文壇新書爲對象。

這本書因而就內容言堪稱豐富博雅。作者取材廣泛，古今中外兼收並蓄，書中隨處有趣味盎然的記述和評論。然而也許因爲作者對傳統的筆記詩話一類文字多所涉獵，下筆時遂也不免讀書、記人、記事混同兼顧。中國傳統文人每每藉文友酬唱寄託文思、發揮議論，本書頗顯示作者是一位接受了「五四」之後西潮的洗禮也具備了相當的西洋文藝素養，然而基本上保留著中國傳統的文學感性和知識趣味的人，這樣一種寫作特質，就評論來說，和晚起的從事文藝評論的作者相較，其中主觀和個人品味的色彩頗重，既不拘泥於理論，也少見建立架構的企圖（以樂曲的組織來詮釋西西的小說是一個例外）；就雜記而言，則題材的多樣自比傳統筆記爲繁複多姿。可惜的是，由於和長篇文論書評同列，這些雜記中或談明星瑣聞、或論文人趣事，不無枝節干擾，致全書體例駁雜之病。

作者自謂平生之癖在「愛才如命」，這個「自供」事實上也點出了本書的一個特色：除了尙友古人之外，有關今人的評論，書中筆觸所及，莫不在友朋知交中取「才」（評西西一篇也許也是唯一例外），倘若觀其書知其人和察其友知其人的說法都成立的話，我們也許可以說，《更上一層樓》是一本從談文論藝和對文友的愛賞推重中流露個人性情的文集，駁雜枝節雖是其病，對於雅好文藝的讀者，倒也不失爲一本枕下案頭隨手翻開均可有所會心的書。

一九八八、四《聯合文學》第四十二期

# 悲憫和勇氣

## ——評《童年雜憶》／《吃馬鈴薯的日子》

**（劉紹銘／大地出版社／一九八六年九月）**

勵志的書鮮有能動人的，反是自剖之作，寫的人在走過風雨艱困之後，剝開舊創，讓識與不識看看自己成功背後的歷程，這樣的書往往不僅能動人，也更有勵志之功。

這樣的作品卻同時也是難以掌握分寸的。太局限於個人的經歷感受時，每每流於瑣碎自傷；倘若醒世使命殷切，必欲使自己的經歷發聵振聾，則又不免自矜或文飾之病。劉紹銘教授的這本《童年雜憶》和《吃馬鈴薯的日子》的合印本卻避免了這兩個自述之作的陷阱，最主要的原因是文字背後的「眞」——作者並沒有想把述說經歷當作自我發洩或宣揚的手段，平實敍來，更見性情。

《吃馬鈴薯的日子》寫作者自赴美到修完博士學位，找到教職的六年間的經歷。異地的孤寂、半工半讀的辛酸、學業的挫折和轉機、困阨中的師友之情……固然都是生動的記述，字裏行間的家國之感和「爲出身像我一樣寒微的青年而寫」的一念之誠，更賦予了這些記述超越時地的價值。這本書初印於一九六七年，二十年來始終是「留學生文學」中風格獨特的一個文獻，並不是偶然。

時隔將近二十載，當年的新科博士越過了人生的另一程奮鬪，在中西文學的譯介研究的領域裏都有了公認的成就之後，出人意外地，寫下了七篇血淚斑斑的童年舊事，記述自己幼時失學、寄人籬下的辛酸。其中苦楚斷然不是今天長於安樂的年輕一輩所能想像：作者寫到十幾歲時一趟趟大汗淋漓地跑幾條街把僅有的値錢東西奉呈給當鋪老爺的心情，寫兄弟倆買不起鬧鐘，睡時互以廐繩隔床互綑腰身，以便每一翻身都可以把對方扯醒，不致誤了趕早起床赴工的艱苦，寫在餐館等候客人的殘羹果腹的辛酸……這樣的經驗，對照了作者在回顧時的冷靜寬容、無所責怨，要說敦厚，這便是敦厚——知道給自己厄運的人原也受了他們各自命運的局限，創痛雖在，心中卻但餘悲憫；要說勇敢，這也便是勇敢——因爲不僅從困阨中擊敗了命運，且自信把那寒微的過往說與知者，並不減損今日的光彩，這其間，更有理智清明的大勇。

《吃馬鈴薯的日子》因此不僅是留學生活的記載，《童年雜憶》也不僅是傷痕的重剖，其間眞正傳遞的是生命的悲憫和勇氣。

一九八七、六《聯合文學》第三十二期

# 異鄉的關照

## ——評《異鄉人語》

（莊信正／洪範書店／一九八六年四月）

《異鄉人語》裏收的是三十四篇介於「學者的雜文」和「文人的雜文」之間的文章——因爲是文人的，所以引徵廣博之餘又多能跳出排比歸納的窠臼；因爲也是學者的，所以雖間有傷時感觸之語，大抵仍是立說著論的餘緒。

這些文章，或憶舊懷人，或從文學看極權，或比較寫象與映象；更多的則是簡短的藝文評論，博引旁徵，涉筆成趣。作者經過意識型態和鄉關之心的長期省思之後重新得到對中國的全面觀照，在議論共產的本質時尤每每有明快的中的之語，醒人耳目。

《異鄉人語》的文字大抵以平實取勝，若干簡潔俐落處則頗有魯迅之風。小疵在於行文間偶有不自然的括弧揷句或注語：諸如在談到夏濟安善於觸類旁通時忽然續以括弧，說起夏所認定的好小說，不無突兀之嫌（頁二四）；至於像「在裏這，事實模仿了小說，毛澤東抄襲了奧威爾（奧威爾的模特兒則顯然是史大林）。」（頁四六）和「一個農奴的孩子（無意間）傷了他的愛犬……」（頁五二）這樣的句子裏，或括弧內的意思可省，或括弧可省，否則徒然干擾了文氣的順暢。另有許多相當冗長的括弧文字（如頁一二五、一九六），顯然重新排比成爲本文的一部分後會更清晰。

然而全書所呈現的觀察、思維、引證的深度方是這本書的眞正價值所在，小疵自不足以掩大瑜。

一九八六、八《聯合文學》第二十二期

# 雙重角色的抉擇

## ——評《我的學生杜文燕》

**（小野／文豪出版社／一九八九年四月）**

小野是「憤怒的一代」，這本集子裏的十個短篇幾乎可以總結爲：一個憤怒青年的抗議。

這個青年爲假酒傷人抗議，爲盜竊橫行抗議，爲功利的留洋心態抗議，爲學界的黑暗不平抗議……抗議的情緒太熱切，充滿了憤世嫉俗的吶喊，使得他的有些故事幾乎只是社會新聞的戲劇處理，來不及將素材發酵、概念化，再作呈現。

要到〈我的學生杜文燕〉這個短篇，我們才看到小野從攘臂抗議和自傳意味深重的辯解惱恨中拔脫出來，在把一個社會事件或現象組織進小說時更冷靜含蓄（也因此更有力），敍述時也超越了單純的抗議指摘，進入一種自省式的剖析。

在表現他的人物時，小野有在故事中衍化雙重角色（double）的傾向。〈黑皮與白牙〉裏的黑皮和白牙，〈罪與罰〉裏兩個作了不同選擇的助教，〈落雨的家鄉〉中男主角的前後兩個女朋友，〈戰神庫開利摩庫之子〉裏的敍述者本人和主角阿開……都具備了這種發展的可能。這種傾向也在〈我的學生杜文燕〉中更有意識而且完美地表現出來。技巧的走向成熟和情感的趨於沉穩使這篇故事足稱小野的一個寫作突破。

一九八六、四《聯合文學》第十八期

# 價值轉換的反諷

## ——評《暗夜》

（李昂／時報出版公司／一九八五年八月）

李昂的小說似乎逐漸在從寫實走向象徵，《暗夜》的故事已經逼近寓言的內涵——想藉實際的人物活動來徵驗人性的各個面相，而寓意之餘處處又是人生寫實面的反諷。

貫穿全局的陳天瑞在以「僞意識」揭櫫一個道德標竿的同時，自己成了僞道德的標本，是全書的反諷主線。這個反諷基調在許多主要角色身上反覆顯現：集貪慾之大成的葉原竟有一個純情、充滿理想的少年期，且在墮落之後猶耽溺於以販賣年輕時的純眞來賺取周圍男女的好感，是多重的諷刺。以自己爲餌的丁欣欣在床笫之際背誦起《論語》章節，心心念念於文化傳承的父親在拿到兒子炒股票賺的錢時無言的妥協，黃承德在道德兩難之際的窘迫……在在是刻意的嘲諷，顯現多元社會裏價值的轉換和善惡的弔詭。

從這樣一個角度來看《暗夜》，女主角李琳是一個頗耐人尋味的角色：從一個嫻靜的輕知識型妻子，到給情欲燃燒成蕩婦，李琳所代表的不僅也是一個角色和價值的轉換，而且是整個反諷的引線。更大的反諷是，她竟是故事的主要人物裏惟一對善惡的分野具有原始的恐懼，並因而對自己的行爲產生眞誠的悔罪和救贖之心的角色。她拒絕止痛針，情願忍受墮胎時所有的痛苦，「不曾哀叫甚且沒有出聲。」她的贖罪，成爲整個故事裏唯一的良心，然而，亞當無罪，墮落後的夏娃竟是唯一要贖罪的角色，作者身爲女性而爲她的故事人物作了這樣的安排，故事外的反諷更耐人尋味了。

一九八六、二《聯合文學》第十六期

# 滄桑異事

## ——評《滄桑》

（袁瓊瓊／洪範書店／一九八五年二月）

袁瓊瓊獨愛探索夢魘式的人際經驗。《滄桑》裏的十一個短篇包括了亂倫、強暴、謀殺、佔有狂、自殺、精神錯亂等怵目驚心的故事。大多數的人生經驗——袁瓊瓊大概相當受到心理分析學說的影響——都可能發展成行爲上難以自拔的後果。在這些故事中作者以她細膩的筆觸，去捕捉經驗和後果之間的種種微妙關係和糾葛。

〈迴〉也許是集中最成功的一篇。故事的女主角恐懼舊日男友的糾纏會破壞眼前平靜的婚姻生活，在長期堆疊著的憂慮之後，某日在看到男友竟尾隨自己搬到新居樓下，四目相接的一霎，竟抱著懷中的孩子——兩人間僅存的牽扯——墜樓而死。故事雖然簡單，時空交錯的布局和描寫女主角心理壓力的多重反襯，卻使這篇故事成爲一個極具悲劇張力的精緻作品，間接也控訴了兩性之間女人先天後天所面對的不公。

袁瓊瓊不是一個說教作家，但她的較好的作品總能呈現某些理念，或達到間接的社會批判效果。前者如〈談話〉，探索人自剖的渴望和水仙花式的自戀；後者如〈異事〉，對學生的考試壓力和手足親子情分的限度有介於諷味和同情之際的呈露。較屬敗筆的反而是兩篇有所「用心」的作品——〈家劫〉想演變成一個懸疑小說，但布局牽強，漏洞不少；〈滄桑〉裏出了牆的女主人翁的落魄和追悔，是一個勉強的尾巴，破壞了整個故事敍述角度的超然。袁瓊瓊的出色處似乎仍在呈現，不在表白。

一九八六、一《聯合文學》第十五期

# 一個個別的女性悲劇

## ——評〈奔赴落日而顯現狼〉

〈奔赴落日而顯現狼〉是一個充滿隱喻的「不歸路」故事。女主角午睡醒來，在林中奔向她男人約定的獵狼之處。敍述者以時空的交錯，一路上逐步顯現出她的個性，她所堅持的「獨立自主」，以及她命定的弱點和因此而生的怨怒。經過岔口上前行還是折回的掙扎，她繼續前進，在日落前趕到約定處，舉槍射殺了等候她的男人，完成了她「悲劇的堅持」……。

作者寫一個想要超越女人的局限，卻不斷輸給自己的天性的女人，嘗試以較抽象的方式來掌握她的悲劇性，可圈可點。但是，由於這女子形象的突出——她的堅強（不畏艱苦）、特立獨行（曾以激烈的方式毀去自己的童貞，堅持男女關係不必情愛只是互惠）和知性的外在條件（畫廊經理、小說作家），我們不免要對她的理智層次有更高的期望，以和她所負擔的叛逆使命相稱；我們可以理解她意志和情感的矛盾，甚至接受這一點爲故事的主題，但是，語言和知性表達的不够精細卻使她既不能爲自己的意志辯護，也無法細膩地呈現自己的感情，徒然辜負了她的獨特的造型。

隱喻性的故事往往意在呈現一個較普遍的理念，前述的缺點卻使得這個故事所暴露的仍是一個個別的女性悲劇，不曾提昇爲一個更具普遍性的、女性（乃至於人類）的意志與環境掙扎的探索。

一九八五、十二、十《聯合報》聯合副刊，「新人短篇小說展彙評」

〈奔赴落日而顯現狼〉爲展出作品之一，作者夏行。原作刊於同日聯合副刊

# 平淡的激情

## ——評《小鎮醫生的愛情》

（蕭颯／爾雅出版社／一九八四年十二月）

蕭颯以平淡的手法寫了一個平淡的愛情故事。王利一，一個小鎮裏的開業醫生，在垂暮之年不能自禁地愛戀起診所裏一個年輕美貌的護士；自己陷入了慾念和道德的掙扎之中，妻子也怨憤而死，女主角光美則在衝擊和自責之餘開始了一段半蒙昧的自我追尋……這樣的故事可以發展得轟轟烈烈，但作者選擇了性格單純的主角，故事的語言也近乎枯索。整個故事的基調因而趨於極度的平淡。

如果作者想寫的是一段忘年的激情，這個激情被男女主角的性格——一個是內向、帶有藝術氣質和深刻道德感的醫生，另一個是他的美麗善良卻並無知識和主見的年輕助手——給沖淡了。這樣性格的兩個人發展出來的愛情，除了印證遲暮的心情對肉體和青春的嚮往，並不能有更高層次的呈現。這個故事較成功的地方反而是在個別角色的性格刻劃，和對人際溝通的阻絕的體察：醫生和情人、妻子、兒子，乃至老朋友之間的語言全在故事裏退化到最簡省艱澀的境地。作者如果把人物內在作更深入的剖析，則語言和角色的配合可以使這個小說成爲一個較精緻的作品。

書中有好幾重平行發展的男女關係，多少反襯了醫生和光美的愛情。但作者對這些關係的處理並沒有超越泛泛的男女寫實的層面。值得特別留意的是結尾處，流浪到臺北的光美讓攝影家顏先生爲她拍攝裸體海報的一場。顏對照片所呈現的純粹美感的投入和光美在一瞬間的遐想的對照，電光石火地詮釋了具有藝術氣質的利一和光美之間的愛情關係，使得這一場暮雲對朝陽的依戀有了深一層的寓意，也使故事藉了這個反照提昇了它的層次，顯示出作者處理抽象意念的潛力。

一九八五、九《聯合文學》第十一期

# 美女與猛獸

## ——評《美女與猛獸》

（誠然谷／時報出版公司／一九八四年七月）

誠然谷的雜文隨筆在眾多的散文中獨樹一格，他對他所見聞的大世界提出了小小的觀察和亦莊亦諧的評判，讀者則跟隨他去閱歷這個大世界而有小小的會心。

《美女與猛獸》中收了二十四篇散文。題材包括了旅遊見聞、作者的鬪牛經驗、電腦探案、女權運動、文明邊緣的鄉居……等等。他善於以東方人的常識常情去體察西方世界的許多兩極並存、價值模稜的現象。有些現象，由於是他山之石，我們隔山而望，分外有趣：

在一個大家都生活得還不惡的世界裏，譬如說佛羅里達的邁牙米罷，人人瞧不起人人。……

家宅有私人海灘的瞧不起隔海灘有點距離的。當地生長的，看不起新近搬來住的；後者又瞧不起擁有屋子，只來度假的；這些人，瞧不起來度假但只能租房子住的；後者自然瞧不起只租一個月的，後者又瞧不起住旅館的。大家都瞧不起上午開車來，晚上開車走的（頁一三〇）。

誠然谷雖沒再往下推，讀者都知道當日開車來回的人，回家後還是可以驕其沒上邁牙米的左鄰右舍。原因是邁牙米的景象不過是大千世界和人類根性的一個縮影，它的疊相反影無處不在。我們讀到這樣的片段，自不免要會心微笑。

《美女與猛獸》處處可見這樣有趣而冷雋的觀察。誠然谷嘲人，也自嘲；寫人，也自省。這使得他的隨筆諧趣而不失深度，寫實而自有寓意，是一本大可一讀的小書。

一九八五、六《聯合文學》第八期

# 爲英雄造像

## ——評《牛郎星宿》

（朱西甯／三三書坊／一九八四年八月）

《牛郎星宿》裏的英雄不同於〈鐵漿〉或〈狼〉裏的英雄，文字是朱西甯一貫風格的延續，英雄卻非夙昔典型裏的英雄。

這本集子裏收了朱西甯的七個短篇。佔了四分之三篇幅的四個故事——〈牛郎星宿〉、〈我的一塊地球〉、〈乳頭阿理公〉和〈山中才一日〉都該算是現代勞動英雄的故事。

英雄無名，轉瞬不免要沒入荒煙蔓草，然而他們的血汗悲歡交織出這個世代臺灣經濟民生的命脈。作者的苦心孤詣躍然紙上——要爲這些無名英雄留下一點紀錄，要替這耕耘和收穫的一代作一個見證。讀者因而看的雖是故事，故事卻是無以復加的寫實來鋪述：飼牛的牧場的設計、種牛種豬的諸般講究、酪農產銷的苦經、退休軍人墾殖梨山的胼手胝足……這一部分，等於是戲劇化了的報導文學。美中不足的是，現代英雄的語言在作者筆下顯得太繁複了，梨山上王中綱的俐落俏皮讀者容或可以接受，但其他主角的言談吐屬也都帶了太多朱西甯的風格，有時未免失眞。較之集裏另一個英雄典型——〈回城這一天〉裏的老爹，我們可以看出後者語言和主題的配合便遠爲貼切。回城想重整家業的老爹在面對了日軍血洗、大火燒燬後的慘酷景象，所表現出來的堅忍和擔當似是朱西甯更優於捕捉的典型。這本集子裏的現代英雄們在老爹的襯托下，有一種卡通和元人山水對比的效果，前者明快而後者沉鬱。作者在有意無意間以這兩類故事爲離亂和承平作了一幅重疊對照的映畫，在個別的故事之外因而另有一種整體反襯的效果。

一九八五、五《聯合文學》第七期

# 異國失調的故事

## ——評《負了東風》

（尚薇苑／現代關係出版社／一九八四年八月）

尚薇苑大概是繼於梨華之後最以留學生（尤其女留學生）心態爲寫作重點的作家。和於梨華相似，她試圖在自己有限的生活範圍裏擷取題材來反映某些較嚴肅的問題；不同的是，尚薇苑對於——也許我們可以稱之爲「異國失調」的問題有更深的關切，而且嘗試追究造成這些問題的心理癥結。

這本集子裏包含了十二個短篇和一個中篇。唯一的中篇〈鬧鐘〉是一個頗具野心的嘗試。作者經由兩代婚姻的交錯展現和不同角度的人物觀察，來剖析女主角在經過十年的留美生活後，變成一個以爲自己殺了人的妄想症患者的過程。但是比起集裏另一個主題類似的短篇〈埔里的蝴蝶〉來說，〈鬧鐘〉是一個失敗的嘗試。〈埔里的蝴蝶〉寫一個來自埔里鄉下但在美國已略有小成的留學生，因爲受制於自己夢魘般的童年記憶，而在已經有權主宰自己生活的時候，無情地扮演著劊子手的角色；柔順的妻子兒女成爲他手中命運待決的標本蝴蝶：「他們仰仗著他，而他讓他們生活在永恒的懸疑中。」故事本身是一個相當有力的控訴，然而並不缺少一個好小說應有的同情。相較之下，〈鬧鐘〉失之零碎，太多的枝節破壞了故事的完整性，作者想藉之象徵的鬧鐘反而沒有能達到貫穿全局的作用。

集中另一個可圈可點的短篇是〈斯人〉。華人街中國餐館的年輕老闆程鵬愛上了暑假來打工的女留學生，學歷的懸殊使他的愛情變得艱澀。然而暑假快過完了，他無論如何得背水一試。值得玩味的是求婚的一幕：女孩子好不容易弄懂了，忍不住發笑，繼而想到要克制，努力解釋：「『你知道，我千里迢迢地到美國來，』她深思地說，眼裏的笑意又湧起，『不是爲了嫁給一個……』」

「她突然住了嘴，但他已經懂了：不是爲了嫁給一個——廚師。」

這裏觸及了一個尚薇菀相當敏感的主題：人際的善意和溝通的可能往往扼殺在命定的一刻，程鵬的價值在這一刻被鑄定了是一個萬刼不復的廚子，鬢髮斑白時猶自在眺望大學區的燈火時帶來心痛的感覺。

在〈斯人〉以外的幾個短篇如〈自珍〉和〈負了東風〉裏，尚薇菀也同樣展現了她細膩的觸覺和觀察，她所進一步需要的應是給她的故事一種必要的道德緊張——〈負了東風〉裏的故事結局大多偏向妥協，這恐怕是初起步的小說家最不易超越的意識局限吧。

一九八五、一《聯合文學》第三期

# 水邊的寓言

## ——評《水邊》

（許達然／洪範書店／一九八四年七月）

許達然的美在他精雕細磨過後的渾然即興；弱點則在他的即興泰半只是少年情懷和急欲從嘈雜的文明逃回鄉野孩提世界的表露，或者這是散文家的許達然在向史學家的許達然求取某種平衡吧。

《水邊》的作者，儘管經過多年的域外生涯，並不能忘情他的故土的水邊和童年。這本收了他近三、四年來的四十篇散文的集子，題材雖然相當繁複，感情卻纏繞在對機械文明的拒斥和對原鄉的緬懷上。讀者可以感覺到他的強烈的道德意識，但也每每發現他的許多篇什，意象的表達不能和組織緊密扣合，削弱了文中的說理成分，使得作者的道德意圖停留在感喟指摘的層次。

比較起來，集裏最能顯露許達然的以簡御繁的能力和以反諷傳達題旨的技巧的，是幾篇寓言性的散文，如〈曠野〉、〈銅像〉、〈森林〉、〈幼稚班〉等。事實上許達然即使在白描、寫實時也往往用上寓言手法。這在一方面形成了他的風格特色，另一方面卻有時破壞了文字的清晰統一。我們看到在工廠做工的樹仔使用不屬於他的語言：「不屬於春的還枯，原屬於春的多已被除，我們究竟發現了什麼？」（頁一一）；某些表達被奇特地擬人化：「猝然『恰似你的溫柔』的歌聲跳樓，襲中他的頭後……」（頁一四）；乃至童話寓言式的擬聲擬形：「車車車鹿車車，車轆轆閃避，避不開的車猛然滑歪，撞倒鹿。」（頁一六三）這些字句出現在不似有寓言企圖的篇什裏，不免突兀。怎樣求取語言和風格間的協調，似乎是許達然一直在尋找答案的課題。

一九八四、十一《聯合文學》第一期

# 輯三 域外書介

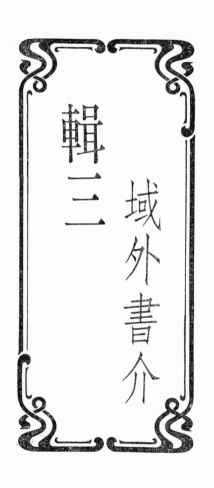

# 失落的盛筵

## ——海明威小論

有一本書，海明威過世前幾年一路帶著寫，從一九五七年在古巴開始，又帶回美國，然後是西班牙，之後又去了古巴，再回美國，最後還是在古巴的聖保羅寫完。——也不算寫完，他自己還遺憾，有太多事沒寫，以及太多不能寫——有些是秘密，有些是別人寫過了，不必再寫。

書在一九六〇年完成，四年後才出版，海明威自己卻已經在一九六一年飲彈自盡，書名就叫《一場帶著走的盛筵》（*A Moveable Feast*），頗能對照他「記盛」時自己的萍踪飄忽。這書寫的是一九二一年到二六年間巴黎的文藝圈——尤其是當時在巴黎流浪的英美作家——的人和事。他在一封五〇年給朋友的信中曾說，「如果你有幸年輕時在巴黎待過，那麼，不論今生去了那裏，它都會和你同在，因爲，巴黎是一場可以帶著走的盛筵。」——很有一點「遊人只合江南老」的意味，不過遊人離開了江南便要斷腸，巴黎的好，卻終此生與君同在。海明威所以最後要寫它，大約也在了卻一樁心事。在他著手寫這書的時候，參與二〇年代巴黎盛事的故人已經零落殆盡，海明威曾是個記者，理該由他來留下記錄。

他寫史坦茵（Gertrude Stein）——她差不多是那時巴黎文藝界的靈魂——老老實實記下初見時她給他的忠告。忠告之一是不要寫難以成就個人風格（unaccrochable）的東西，之二是，他不是個好到能在《大西洋月刊》或《星期六晚郵》上登東西的作者，「不過，你也許有你的特色，最要緊的還是不要寫 unaccrochable 的東西。」才二十出頭的海明威一時倒似乎也不以爲忤。

史坦茵是個有巨大親和力的大女人——肥大的大——下午時間到她畫室看畫，聽她談話有一段時期成了海明威的一個習慣。她恣意月旦，稱赫胥黎爲「死人」，勞倫斯是「病人」，喬埃斯是提都不能提的名字，詩人龐德坐壞過她的椅子，十分可惱……海明威則從她那裏得到「失落的一代」的封號，日後傳誦一時。

據他自己記載，某日史坦茵的老爺福特車出了毛病，修車廠的工人怠慢了她，抗議之後車店老闆便駡那年輕工人，你們都是 une génération perdue（失落的一代）！這話給了史坦茵靈感，她回頭指海氏一班人說：「就是你們，你們這些參戰回來的年輕人，全是失落的一代！」

海明威對這惡謚並不中意，一路想著回家，跟太太說，「不管怎麼樣，史坦茵總還是個不錯的人。」「那自然囉！」太太說。「可是她說些混帳話。」海明威終於說。

・　・　・

然而海明威日後倒眞被視爲「失落的一代」的代言人，主要因爲經過第一次大戰洗禮的失根流離和虛無厭戰確實是他早期的小說，像《太陽依舊東昇》(*The Sun Also Rises*)、《戰地春夢》(*A Farewell to Arms*) 等作品的主題：參戰受傷而致性無能的男主角、離亂中的戀情、死亡的結局……史坦茵脫口而出的 perdue，無非是倚老賣老一時興會，海明威的「失落」特質卻成了評論家爭執不休的話題。四、五〇年代的媒介喜歡渲染他的英雄事蹟：戰爭、狩獵、拳擊、鬪牛……他的小說角色的陽剛造型和眞實生活中的海明威寖寖然成爲一體。但是，刻薄他的人，如 Dwight McDonald，便認爲他無非是自我膨脹，甚至把他後來自殺的事解釋爲血流滿面的拳王爲保全令名而採取的「離場」伎倆。

許多年來，海氏的評論和傳記大多在想解一個難題——在嗜血和反戰之間，在眞正的陽剛和自矜的懦夫之間，海明威的眞實角色是什麼？著名的文評家如考萊 (Malcolm Cowley) 和威爾森 (Edmond Wilson) 都強調大戰的創傷對他的心理的影響，使他掙脫不了死亡和失落的陰影，傳記家麥爾斯（Jeffrey Meyers）則把他寫成吹牛無情的僞君子。

最近的一本海氏傳記是林恩（Kenneth S. Lynn）所寫的 *Hemingway*（Simon & Schuster 出版，一九八七）。林氏對海明威的人格形成有了一個別闢蹊徑的解剖。林恩把影響海明威的因素一直推到他生命的初始，他的母親的影響。對海明威，他的母親葛雷絲是他內心世界的陰暗的女性力量，日後海明威面對男女關係時的極度排斥和極度依賴都肇因於他的母親。林恩舉證鑿鑿，說明他母親的怪異行止。其中最古怪的是，海明威幼時一直被他母親拿來和他姐姐當作雙胞胎撫養，有時把兩人都扮成女孩，隔一陣子又一起變成男孩裝束，海明威有一張兩歲時作女孩打扮的照片，旁注便是「夏天的女娃」（summer girl）。

果如林恩的說法，海明威的「失落」竟可以解釋爲性別的失落了。他因而作品中時有雙生意象（imagery of twinhood），因而善於走進女性角色的內心，因而對有男子氣或有同性戀傾向的女子情有獨鍾，因而看男女關係時若同性情誼，因而處理懷孕生產往往以慘酷的死亡終結，因而努力在現實中要證明自己是十足的男子……

性別角色的混淆出現在海明威的許多故事中。從一九二九年《戰地春夢》裏的女主角凱瑟琳一再想和男主角「爾我不分」，想要「變成你」，到一九八六年出土問世的海氏遺作《伊甸園》（*The Garden of Eden*）中的同性異性戀糾結有如夢魘。

也許，海明威的「失落」確實不始於年屆十幾二十時的參戰經驗和巴黎見聞，而始於兩歲三歲時伊利諾鄉間的童年夢魘。然而，人生的幸或不幸也許會有世俗共認的標準，對文學家藝術家而言，失落了人生的盛筵，卻可能端出心靈的佳餚。有時候，整個時代以它的「失落」來交換創作的豐收。史坦茵並不知道，她要海明威成就的「個人風格」，可能早在他幼年的創痛殘缺中已埋好了種子。

至於我們，只是坐享其成的人；我們嘗過佳餚美味，代領了生命的盛筵。

一九八九、五《聯合文學》第五十五期

# 困頓與超越

## ——《湖濱散記》(*Walden*)導讀

十九世紀中葉的美國，工商社會的價值標準正開始入侵人們的生活，然而梭羅（Henry D. Thoreau, 1817~1862）對物質文明的批判和回歸自然的呼聲不爲他的時代所接受，卻在他所批判的物質主義遠爲嚴重的一個多世紀後得到熱烈的回響，困頓以終的梭羅，地下有知，也許要覺得造化弄人吧。

說梭羅「困頓以終」，首先梭羅就不會同意。並不是梭羅不「困頓」或他視富貴如浮雲，而是梭羅根本不承認物質享用是一種「富有」。大部分的奢華舒適，對他來說只是生活中的障礙，「阻礙了人的提昇」。當歐洲人裹著厚衣服還發抖的時候，梭羅說，旁邊的澳洲土人卻光著身子走來走去，舒適泰然——一個人能一一捨棄了外加的東西而不覺匱乏，這才是眞正的富有。《湖濱散記》（*Walden*, or *Life in the Woods*）便是梭羅力行這個信念而留給世人的一個紀錄。

一八三七年，二十歲的梭羅自哈佛大學畢業，回到他所生長的康珂村（Concord）的一個小學教書，但只教了幾天就因爲抗議被迫體罰學生而在當晚辭職。此後他做過木匠、石匠、土地測量員，在他父親的鉛筆廠幫過忙，和他哥哥在家裏收過學生教書，但是，一直到他四十五歲過世，梭羅再沒有過一個正式職業。他生前總共出過兩本書，第一本《康河和梅河上的一週》（*A Week on the Concord and Merrimack Rivers*）在出版後的五年裏只賣掉了兩百多册。《湖濱散記》是他的第二本書，也一樣滯銷。這樣一個人，這樣的一生，我們看如何不是困頓！然而對於梭羅，生命別有眞義，不能用俗常的標準來衡量。

**我到林中去，因爲我要認眞地生活，要面對生命的眞相，看看我能不能學到它所要教給我的，以免到死時才發覺自己從沒有活過……**

一八四五年的三月，梭羅借了一把斧頭，在康珂村一里半外華爾騰（Walden）湖邊的樹林中砍下幾棵松樹，又跟人買了一個舊屋，拆下木材，便搭起了他的兩個房間的小木屋，並在屋外開闢了兩畝半的菜園，大部分種了豆子。到了七月初，房子的板壁屋頂都大致完成，他便帶了一些簡單的家具搬進去住，同時也開始了他的《康河和梅河上的一週》和《湖濱散記》的初稿的寫作。隨著天氣轉冷，他又陸續在屋裏砌了壁爐、內牆敷上灰泥。十二月間，築室的工作才算完成。梭羅在小屋裏一共住了兩年兩個月又兩天，在《湖濱散記》中他詳細地記下了這期間自己日常的工作、觀察、思想，以及非常實際的收支賬目。

從築屋到第一年結束，梭羅在建材、食物、衣服上的花費總共是六一・九九元，而出售菜園收成和做零工的收入加起來總共是三六・七八元。兩兩相抵，用掉的有二十五塊多錢——正好和他蓋房子的花費差不多。也就是說，如果他繼續在湖邊住下去，以後他應該可以收支相抵，至於全年他用在工作上的時間，加起來約是六週。以他的標準，六週的工作已經換得了一年的全部生活所需，這之外他得到了閒暇、獨立和健康，可以自由地閱讀、思考、寫作。「我的實驗顯示：如果一個人信心充分地朝他的夢想走去，並且努力地照他想像中的方式過活，便能達成他的目標，除此再無他途。……（這時）他的內心和周圍會建立起新的、更有普遍性、更不局限的法則；或者舊的法則會增益開廣，使他臻身於生命的更高的秩序裏。他的生活愈簡化，宇宙的定律就愈變得單純，於是孤獨不復是孤獨、貧困不復是貧困、柔弱也不復是柔弱。」

湖畔的梭羅，就這樣，把文明的繁瑣盡數剝去，獨自面對生命的眞相，孤獨、貧困、柔弱對他便都失去了威脅。

**我從不會見過比孤獨更好的伴侶。我們所以寂寞，常是因爲我們走出了屋子，跑到人堆裏去了。**

梭羅說他有時整日只和自然相處，捨不得把時間花在任何勞心或勞力的工作上，因爲即使閱讀也得通過語言的符號，靜觀和沉思卻是直接地與萬物交通，參與了自然的運行。「我確實沒有動手幫忙太陽昇起，」他說，「但是當它昇起時在場觀禮也不是頂不重要的事。」雖然獨居林中，所有大自然的盛典梭羅都在仔細觀禮。「有許多年，我任命自己爲風雪觀察員，而且盡忠職守；我也是自封的測量師，負責在四季裏維持道路通暢、丘壑無阻。眾人的腳踵證明了我的工作效用。」使得梭羅的文體在美國文學中贏得盛譽的一部分原因，便在於他是個盡責的自然觀察員，而且對季節和自然作了細膩的描寫。他寫春天裏的草地乍然轉成了「牛羊汲飮的綠河」，寫湖面的波紋像生命溫柔的脈搏，「一一報告蟲魚躍動的消息」，他運用了幾乎是文字的交響奏鳴，描繪各種鳥類的叫聲，春來湖面破冰的響聲，林中生物的此呼彼應……「有了四季的友情，再沒有什麼會使生命變成負擔了。」

梭羅對自然的熱情顯然遠遠超過對人的。但他並不是隱士，他的小屋裏也經常有訪客，有一次甚至擠進了二、三十個人，連他自己都對小屋的容量感到驚奇。《散記》裏也寫到他的各種訪客，包括過路的人、附近的農夫工人等等，詩人謙寧（Wm. E. Channing）、被梭羅稱爲「最後的哲學家之一」的艾考特（A. B. Alcott）和揭櫫「超越主義」（transcendentalism）的愛默森也都曾造訪。

但是，跟人相處似乎使梭羅失望的居多，以至於他說：「朋友，即使是最好的，也總是很快就使人疲倦。」終至他寧以孤獨爲侶，孤獨中把自己的省思觀察摩挲得精瑩剔透，發出與衆不同的光芒。

•

**如果一個人的步調和他的同伴不一樣，那大概是因爲他聽到的進行的鼓聲不同。且讓他按他所聽到的音樂節奏前進吧。**

中國的隱士往往把退居林泉當作任情適性的手段，退隱林泉後便和社會「兩不相涉」，並且似乎越是不問世事越能證明他們對山水的鍾情。梭羅在西方世界裏常被比爲東方式的隱士，一方面因爲他在文字間時時流露出對東方哲人的嚮往，另一方面也因爲像他這樣的回歸自然的方式在西方世界裏並不多見，評者倘若不以之爲異端便要忖度他必是得了外來的影響。事實上梭羅在精神上全然不是一個東方式的隱者，最大的不同在於他固然能夠全心投入自然，卻同時是一個激烈的社會批判者。他援引東方哲人的嘉言睿語以印證自己的信念，但他在華爾騰湖畔的事業眞正繼承的還是西方的烏托邦傳統──想在現世之外設計或創造出一個理想世界，用以證明現實社會的不足或價値標準的偏頗。在這樣做的時候，梭羅並沒有和他的社會決裂，因爲他隨時都在觀察他的社會的欠缺，提出糾舉。他毋寧更是那個聽到不同鼓聲的人，並且堅持按照他聽到的節奏前進，不巧的是他的節奏比他的同伴要快一些，因此領先了他的時代，得等時間來證明他的正確。

梭羅的隱士形象不僅因爲他在湖畔築廬，也因爲他的生活範圍相當的小。他極少出門旅行；卽使出門，距離也不過數州之遙。但照梭羅的說法，一個人的邊界，不在東南西北的方位，「而在當你與事實面對面的時候」。在面對「事實」的時候，梭羅的「邊界」寬廣且防禦森嚴。一八四六年的五月，美國發動了對墨西哥戰爭，在湖邊耕種的梭羅認爲這個戰爭意在呑併美墨邊境上的德克薩斯，人民無義務繳稅來支持政府進行這樣不義的戰爭。更重要的是，當時蓄奴在美國依然合法，使梭羅痛心疾首，「我一刻都不願承認這個奴隸的政府也是我的政府」，當然更不要期望他繳稅來支持這樣的政府了。

不繳稅的結果是，有一天梭羅被稅官遇上，捉進牢裏，雖然有朋友在第二天就代繳了錢保他出來，但是他抗議的理由並沒有消失，爲此他寫了他最出名的論文〈不服惡法論〉(Civil Disobedience)，主張人對政府不公正的措施應該以撤銷支持來迫使它改善。這篇文章措詞的銳利和邏輯的嚴謹，以及——更重要的，它的命題的具有普遍性，使它日後在歷史上一再產生巨大的影響，絕非梭羅或他同時代的人所能想像。

•

**好書的作者在每個社會中都是最自然而不可抗拒的貴族，能對人類產生比帝王更大的影響。**

梭羅對古代經典的這番評語用在他自己身上因此正適合。〈不服惡法論〉長不過萬言，日後卻一再在人類爭取公理的奮鬥中成爲他們的啟示，且得到最後的勝利。聖哲甘地的印度獨立運動、丹麥在二次大戰中的反納粹入侵、馬丁路德金恩博士的黑人人權運動都是著例。這篇文章近九十年來在各種《湖濱散記》的版本中都以附錄的方式出現，幾乎已經變成了《散記》的一部分。兩個作品的筆觸和發言對象雖然不同，其中貫串的卻是相同的精神，是梭羅勇於探索生命的眞義，只問公理不問成規的精神。

通過了百年的考驗，《湖濱散記》證明了它在一個汲汲爲利的時代會變成有力的召喚，提醒人保持清醒和眞誠，提醒人不要被器用的繁瑣湮失了本性。散文大家E.B.懷特（E.B. White）便曾預言《湖濱散記》的重要性會日日增加，「當世界的疆土日減，也便是這本書領域日增的時候。」他說，「每個人一生中會有一本書是眞讀了的，我的這本書就是《湖濱散記》……我總把它放在唾手可得之處，作爲我消沉沮喪時刻的紓解。」

當人事日益繁複，紓解的渴望成爲多數人共同的需要，《湖濱散記》自然會超越了時空，成爲永恆的聲音。

一九八七、二、十二《聯合報》聯合副刊

附注：本文係應《聯合報》副刊之邀爲「文學午餐會」講述《湖濱散記》之書介。

# 失去的伊甸園

## ——海明威遺著出版

海明威在一九四〇年出版了《戰地鐘聲》之後，有相當長一段時間了無佳作，文評家便宣稱他的天才已經死了。然而一九五二年的《老人與海》使得批評家們不得不回頭重新肯定他的成就，這之後又是長長的沈寂。然後是一九六一年，海明威用一管獵槍對準頭顱結束了自己的生命。

於是又有人推論他的自殺是爲終止自己「江郎才盡」的痛苦。至少，天才總要與生命一起終結，江郎既死，論者該可以爲他作蓋棺之論了。然而他們又錯了，在海明威死了四分之一個世紀之後，司克萊布納（Scribner）公司最近推出了他的遺作《伊甸園》（*The Garden of Eden*），成爲這一季美國出版界最轟動的消息。「伊甸園」是一個未完成的自傳性小說，許多背景來自他自己的幾次婚姻生活和二〇年代在法國的經驗，其中又牽涉到時下最敏感的同性戀問題，批評界的反應可以預見大概會是毀譽參半。不過，選它作爲七月份「本月之書」的美國每月書會已經斬釘截鐵地認定這是海氏最好的作品，認爲在這本書裏，海明威用了最平凡無奇的文字、最清晰明白的句法，卻創造了最動人的語言效果，而且對人心之幽微有最入裏的刻畫。

看來，又一次，海明威開了批評家一個玩笑，向他們證明他一直到舉槍自盡前所寫的仍有可能是最好的作品。

從二十六歲（一九二五年）出版的第一部短篇小說集裏的第一篇故事〈印地安營〉(Indian Camp) 開始，海明威便也開始了他一生中一個反覆出現的主題——樂園的失落。〈印地安營〉寫一個小孩尼克（Nick）一夜跟著做醫生的父親划船過湖去爲一個印第安女人接生。小孩看著父親在沒有痲藥的情況下爲那女人剖腹生產。女人慘叫了兩天，事畢大家才發現她丈夫已經用剃刀切斷了自己的喉管，死了。在歸途中，小孩問他的父親那男人爲什麼自殺，父親說：「我也不知道，我想他大概受不了。」

故事裏的尼克從此在海明威的許多故事裏以不同的面貌出現，相同的是他們都像這個尼克，早早便失去了童貞的樂園，看到了生的慘酷、暴力、和死亡。尼克的故事也預兆了海明威自己的悲劇：這個故事出版的三年後，他的父親海明威醫生在病中舉槍自殺；三十六年後他自己也用同樣的手法結束了生命，原因也許都是——受不了。

《伊甸園》是在一九四六年開始寫的，陸陸續續寫了十五年，仍未完成。原稿有三份，最完整的一份長達一千五百頁（印本經出版公司編刪爲三分之一篇幅）。故事主角伯恩(David Bourne)，一個年輕的作家，帶著美麗的新婚妻子到法國南部的一個海邊小村度蜜月。隨著伯恩在寫作上逐漸嶄露頭角，妻子卻因爲不甘冷落而一步步變得怪異，成爲同性戀者，伯恩也因之牽連進糾結不清的三角關係和道德兩難。眼前的難題和危險使伯恩不斷的退縮到過往去，以求取平衡。他的伊甸之旅，究其實便是一個作家之旅：工作是他的行程，作品是他的原鄉。然而，斯土終竟「信美而不能久長」(too good to last)，故事中的預言，在故事外不幸成眞。

《伊甸園》出版後，美國學界頗有人認爲刊布一個作家未完成的作品牽涉到道德問題。不過，從一個不同的角度看，這個作品的未完成未嘗不可以解釋爲暗藏玄機——它的未完成並不是一個不得不的結果：海明威可以「寫」完它而選擇了不寫，焉知他不正是把無法用自己的筆完成的部分用行動來補足了呢？對於自傳性的故事來說，死亡是最終的完成，卻也表白了樂園的永遠的失落。

一九八六、七、二十七《聯合報》聯合副刊

# 永恒的象徵

## ——介紹Michael Sullivan中國山水畫史*Symbols of Eternity*

華茨華斯（Wm. Wordsworth, 1770~1850）在他的長詩〈前奏〉（The Prelude）裏記述登阿爾卑斯山，峯迴路轉之際身歷的飛瀑怒泉、雨石雲山時，讚道：

**這是永恒的預示和象徵**
**兆現著最始、最終、其間、以至無窮。**
The types and symbols of eternity
Of first, and last, and midst, and without end.

這要使我們想起蘇子泛舟赤壁時所感嘆的「逝者如斯而未嘗往；盈虛者如彼而卒莫消長」，或者蘭亭修禊裏的王羲之，遊目於崇山峻嶺、清流激湍時無端而興「仰觀宇宙之大、俯察品類之盛」的感慨。然而，徜徉山水之間而頓興宇宙綿遠之感或超塵出世之思的詩人在中國歷史上多到成爲一個傳統，華茨華斯一類的山水詩人在西方卻並不多見。山水詩在中國是大宗，在西方是小宗；同樣的，比起中國山水畫的傳統，西洋的風景畫，一如名評論家 Kenneth Clark 在其《風景畫成爲藝術的發展》（*Landscape into Art*）一書中所指出的，其興爲時極短，因爲人們很快就對理想化的風景失去了信念。然則中國的山水畫何以能維持畫者和觀者一、兩千年來不墜的興味，確乎是一個引人深思的問題了。史丹佛大學的 Christensen 講座教授薩立文（Michael Sullivan）在他去年底（一九七九）由史大出版的中國山水畫研究《永恒的象徵》（*Symbols of Eternity: The Art of Landscape Painting in China*）裏指出，中國詩人講究「相外之相」，不著形跡，中國山水畫也正因爲具有這種超乎形象的特質因而能夠乘著華茨華斯的「永恒的象徵」的羽翅，成爲表達哲理意念的一個媒介。是這種「相外」的特質使得畫家可以在同一主題下依憑各自對自然的闡釋揮灑丘壑，發爲不同的變奏。闡釋上的同異和技法的嬗替爲山水畫這個單一的主題灌注了持續而且多樣的生命。

中國畫的這種特質，與其說純是繪畫的，毋寧說是文化的和歷史的。薩氏這本書的主旨便是在使來自不同文化和歷史背景的西方人瞭解和接受這種特質。而對中國讀者來說，由於我們自己生長在山水畫作者所來自的同一傳統，薩教授對中國山水的闡述同時也幫助我們注意到許多我們習焉不察的問題對不同文化的讀者所可能產生的反應。薩氏指出，一個從中國傳統出來的人面對西方畫廊裏許多血淋淋的畫面——戰爭、搏鬬、死亡……等不免要問：「爲什麼這畫家要畫這幅畫？」而一個西方人接觸到中國山水畫時，開始必覺悅目，然後就漸漸奇怪爲什麼這些畫的內容不外煙籠的青山、遠眺瀑布的文士或獨釣的隱者……這些畫面不會引起他的驚訝或震撼，而且久之興味漸失，也不會想問爲什麼某個畫家要畫某一幅畫。要進入欣賞中國山水的領域，薩氏指出，西方讀者必須首先認識到中國畫是一種形式和內容合一的藝術。西方傳統裏一幅描寫擄掠的畫面，比如魯本斯（Peter Paul Rubens, 1577～1640）的 *Rape of the Daughters of Leucippus*，可以因其表達形式的完美而被視爲名作，但在中國畫裏，只有當一幅畫的主題具備提升人的心靈層次的作用，加上畫家表達這個主題的技巧，才有可能被認可爲一幅好作品。

遠在山水畫成熟以前，儒家「仁者樂山智者樂水」的觀念已經賦予了大自然道德意義；道家的歸隱思想又賦予了大自然哲理意義，山水於是成爲中國畫家所可以選擇的最崇高的主題。在描繪山水時，畫家所要表現的也就不僅是山水本身而是概念化的山水——能顯示某一層次的道德或哲理意念的山水。於是，有如孫綽的神遊天臺，筆下千巖萬壑，事實上只是「馳神運思，畫詠宵興」的結果。畫家視大自然爲廣袤無垠又善變無窮的力量，「融而爲川瀆，結而爲山阜」，當他運筆的時候，在某一程度內他也就取代了造化之功，畫的其實是他胸中概念化的世界，或者說，是他所詮釋的自然。主題只有一個——自然，或者，山水——但我們所欣賞的是畫者一己的詮釋而不是畫中的主題。如果我們的欣賞止於形式，則它們的缺乏變化將不免要教我們覺得單調；如果我們能進一步欣賞畫者的「詮釋」：他的筆法、佈局、他對景物的再呈現和對前人筆路的再創造……都使每一幅好的山水成爲一個新的獨特的作品。在這一點上，薩立文認爲，欣賞中國山水畫可以比之於欣賞音樂：

一幅山水畫本身的氣氛和格調，它的線條和筆觸的律動感，在我們展視一幅畫軸時隨之呈現的時間層面……都類似音樂所產生的美感效果。如果進一步把這兩種經驗加以比較的話，我們更會發覺，我們聽音樂時每每反復聽一個熟悉的作品而不覺厭倦，因爲，在一個大師手中，他的詮釋每每使一個熟悉的樂曲重新獲得了一次生命，成爲新的作品。我們欣賞的是演奏者對樂曲主旨的瞭解和他在其中所表現的微妙創意，尤其是，他的手法（touch）。——在欣賞中國山水畫時，我們所要作的正是同樣的事：主題的翻新在中國（尤其是十四世紀以後）的山水畫裏全然無關宏旨，要緊的是畫家本人對其主題的詮釋，還有，他的表現手法的高低（頁二）。

薩立文這個比擬對於幫助西方人入門瞭解中國山水畫的特色不失爲一個深入淺出的佳喻。《永恒的象徵》這本書是薩氏一九七四年在牛津大學的 Slade 講座的一系列演講輯成的。演講的氣氛雖是「學院」的，演講的對象卻是中國畫的一般欣賞者。自十六世紀末傳教士利瑪竇首先向西方人提到中國畫以來，漫長的四世紀裏，薩氏這本書也許可以視爲專家開始把行話說給一般人聽，而且要教他們聽得懂的一個嘗試。這四百年裏，前三百多年西方人對中國畫的認識幾乎了無進展，頭一個提出了一點粗淺的個人觀察的是葡萄牙學者 Alvarez Semedo 一六三五年所寫的《偉大知名的中華王朝的歷史》（*The History of That Great and Renowned Monarchy of China*）；其中他指出中國畫雖拙於人物，卻長於風景，「中國畫家的好奇心多於完美的要求。他們完全不知道用油彩跟陰影，因此他們的人物畫毫無韻味 (without any grace at all)。可是他們的花鳥樹一類的東西畫得像極了。現在他們有人跟我們學會了用油彩，開始要畫出完美的畫來了。」Semedo 所預期的要用油彩「畫出完美的畫」的中國畫家差不多要遲到兩百年後才出現，而這期間西方對中國倒眞是「好奇心多於完美的要求」。一六七五年 Joachim von Sandrart 編出第一本世界藝術史，書中描寫了好些他「得自中國畫家本人」的畫，而結果書中所附印的「中國最偉大的畫家」的畫像原來卻是一個叫做 Higiemondo 的非洲人的雕像！十八世紀的歐洲著迷於東方色彩的瓷器和屏風，對中國畫也一視同仁，裝飾用途大於藝術價值。十九世紀是歐洲的擴張時期，中華帝國已經淪落成半殖民地，在只看到她的鴉片煙鬼跟纏腳布的西人眼裏，便連「好奇心」也一併岌岌可危了。一直到二十世紀初期，翟理斯（Lionel Giles），賀斯（Friedrich Hirth），費諾羅莎（Ernest Fenollosa）等人所發表的有關中國畫的專書，才把中國繪畫提昇到藝術界關切的層次。然而第一個眞正對中國畫加以較深入研究的，應數漢學大師亞瑟威理一九二三年所出版的《中國畫研究入門》（*Introduction to the Study of Chinese Painting*）。繼則有賽仁（Osvald Siren）在一九三四至五八年之間自世界各地搜訪中國畫的收藏，加以製圖、分類、解說，陸續出版了七大册的《中國繪畫：名家與畫理》（*Chinese Painting: Leading Masters and Principles*）。我們也許該稱這套大書爲西方中國畫研究的一個里程碑，因爲其後關於中國畫的個別畫家、流別或時代的研究不斷出現，其中James Cahill，傅申夫婦，本書的作者薩立文等人的貢獻尤大。

如果這四百年的歷史可以稱爲西洋人對中國畫從外行人的「胡說」進展到專家說行話的過程，《永恒的象徵》這本書所顯示的是另一個里程，也就是行家又回過頭來把專業知識普及化。前面說過這本書的出書背景是純「學院」的，但是作者文字的典雅而不失明晰，引喻闡說的曉暢和圖例的精美則是「非學院」的。

舉一個例子來說，爲了說明不用陰影在中國畫裏的特殊意義，薩氏提出現藏紐約 John M. Crawford Collection 的一幅東坡〈後赤壁賦〉圖爲例。這幅畫可能是喬仲長的作品，其成當在十二世紀初，畫的是東坡正與二客過黃泥之坡，「霜露旣降，木葉盡脫，人影在地，仰見明月，顧而樂之……」。東坡及二客和旁邊的一個童子身旁地上都有一個影子。薩氏認爲這可能是中國畫裏唯一處理了影子的作品，但其目的並不是爲了表現上的寫實而是爲了忠實於原作的詩意（人影在地）。然而，即使是這類爲遷就原意所加的陰影，在日後的同類題材的畫裏也一律免去了。——原因自然不是因爲後人不知道明月之下會「人影在地」，而是因爲他們曉得畫個影子是「錯」的，是違反中國畫理的。當一個西洋畫家畫一幅風景的時候，他確定他畫的是某一個時刻的某一個地點，在那一個時刻——比如說，正當斜日西照——陽光應當從右上方灑落……這樣的畫對一個中國畫家來說眞是侷促不堪。畫家畫的不是一時一地景色，而是經年累月徜徉於山水之間累積所得的經驗，沉過濾過後的一個再表現。一個寫實的「影子」足以破壞畫家的整個哲學。基於同一個道理，中國畫家也是不寫生的——不是他不寫生，而是他的畫不能是寫生，寫生也不能算畫。唐末的荆浩曾在太行山看到一片古松，「蟠虯之勢欲附雲漢」，歡喜得每天帶了紙筆去寫生，不知寫了多久，「凡數萬本，方得其眞」。畫了幾萬棵松的荆浩雖然自覺畫像了（得其眞），但這幾萬個寫生一個也沒有留下來，因爲等到他要畫松的時候他便只畫胸中沉濾過的松而不寫生了。薩立文以中國山水畫跟音樂相比的設喻在這兒又用得上。因爲一個中國畫家的寫生有如鋼琴家每天在家所作的彈奏練習，練習的本身不是作品，因而不具備藝術價值。荆浩《筆法記》裏說「象之，死也」（只求形似，就是死畫），正是這種繪畫觀最直接的注腳。

薩氏自謂《永恒的象徵》不是畫史而是想爲中國山水畫提出一個詮釋。不過這本書以年代論列，夾敍夾議，對山水畫的起源與畫風的流變、畫家的自然觀與時代背景的相互作用、師承與創格……都有相當精簡的解說，以山水畫史讀之亦無不可。書中所包括的一百十五幅圖例，採自世界各地的公私典藏，上起新石器時代的陶器圖紋和殷商鐘鼎的饕餮紋所顯示的流動的筆觸，到墓壁畫中的山水雛型，到趙無極五〇年代在巴黎所作的抽象山水和七〇年代中國大陸的山水樣板都在搜羅之列。一般讀者最感興趣的也許是現代的部分。薩氏著重兩個時期來討論現代山水畫的發展，其一是二、三〇年代新舊畫風的衝激，豐子愷、高劍父、林風眠等人在融會東西傳統上所作的嘗試和努力；其二是四九年以後中共政權下的畫壇狀況。薩氏指出，融合新舊風格的努力到三十年代時成果已經蔚然可觀，如果不是一九四九年中共取得了政權，這些力求創新的畫家必然已經在中國的土地上爲現代世界畫壇作成獨特的貢獻。由於在中共政權下的畫家不再有自由表達的權利，「今年的香花明年可能就變成毒草，畫家爲求自保只有避免創新。其結果是，這三十年中在官方認可下產生的作品的幅度遠比三百年以前爲狹窄。」薩氏問道：「畫家們難道不渴望展翅飛翔麼？」（頁一七九）

誠然，幾千年來連寫眞都不屑爲的中國山水畫家現在迫得奉旨畫起「紅旗渠」、「奔向二〇〇〇年」等政治宣傳的「社會寫眞」，知音如薩氏者，我們不難想見他對這些敏銳的心靈在重壓下的同情。不過，一九七三年以來薩氏曾數度赴大陸訪問，雖然個人的見聞使他同情大陸畫家的處境，在某一程度內他也接受官方的說法，認爲藝術家的這些犧牲有助於消除士人階級的獨尊，提高了低層農工大眾的欣賞能力；同時，由於畫家必須以農工題材入畫，長遠視之必將爲山水畫注入新的生命。筆者個人同意傳統山水畫的題材必須因應時代而改變，但如果一個畫家非得總在山頭插一面紅旗，丘陵間布滿發電廠，他在題材上的狹隘並不比依舊畫中古式的「寒江獨釣」的畫家高明多少，而他所讓渡出去的創作自由則已經直接扼殺了藝術本身前進的動力。薩氏的看法，除了與人爲善的厚道以外，也是君子可以欺之以方的結果。事實上，畫家——以及其他非勞動階級——三十年來所受的壓制既不曾如中共所聲稱的是改善人民生活的必要手段——因爲人民生活並沒有獲得改善——也不曾因此提高了農工兵藝術水準，而是把專業畫家的水平都降到農工兵層次，其直接的後果，正如薩氏所遺憾的，是中國畫家三十年來沒有能够在他們自己的土地上爲世界畫壇作成應有的貢獻。

在中國歷史上，山水畫是各類藝術中最不向統治者妥協，同時也最少受到政治干擾的一個部門，而這也正是何以山水畫能夠成爲中國藝術中最大成就的原因。一九七六年四人幫倒臺後，大陸畫壇一時頗有解凍的局面，林風眠、吳作人、錢松喦等刼後餘生的畫家得以在較寬的尺度內展示他們的作品，不帶政治教條意味的繪畫開始再呈現在大陸同胞的面前。我們自然衷心期望這個解凍不會預兆著另一個浩刼。卽使願意對中共政權曲予諒解的薩氏也不能不語重心長地說：「如果沒有小資產階級藝術，無產階級藝術也無法產生。我們預期現代中國繪畫的『小資產』傾向——包括它的個人主義、主觀色彩、和形式主義等等——將繼續存在而且對持續的革命過程中的無產階級情操不斷加以挑戰。」（頁一八三）我們還可以加一句：只有這種挑戰能夠自由地存在，中國山水畫以及其他形式的藝術才有光大它們的輝煌傳統的希望。

這本縱貫兩千年中國山水畫史的書以一種懇切而猶豫的調子作結。作者對中國藝術的熱愛和敏銳的感受是顯然可見的，但現代中國的複雜面相未免使人惶惑。作者一再遺憾十九世紀中期的著名藝術評論家羅斯金（John Ruskin）不曾有機會接觸到中國山水並提出他的看法。薩氏認爲羅斯金是西方藝術史中對美學和倫理最具備同等關切的大師，因而也最有資格對中國山水畫提出評斷。事實上薩立文本人在批評上的關切角度也與羅斯金相類。羅氏已矣，薩氏的遺憾也許正該由他自己以更進一步對現代中國心靈的認識來彌補吧。

一九八〇、九、三十；十、一《聯合報》聯合副刊

# 《芥子園畫傳》譯本及其他

小時候聽人說《芥子園》學不得，太匠氣。後來在重慶南路書店裏買得一册。發現不止匠氣，根本是拙劣。筆意全談不上，印工尤其馬虎，當時自然也不知道芥子園還有不是這樣的本子，只覺得不知它怎麼「浪得」了三百年盛名。

離家幾年，畫畫的便利和閒情兩缺。但足跡所至看了不少國外對中國書畫的研究，不免替《芥子園》叫屈——這本中國畫譜似乎就是在它自己的土地上最不被當一回事。《芥子園畫傳》現在已經有了英德法俄日等多種譯本，而沒有一種不是愼重將事的。手邊有的一册法文本是一九一八年出的，題爲《中國畫的百科全書》(*Encyclopedia de la Peinture Chinoise*)。這全書其實還不全，因爲除了作「譜」用的圖解和說明外，原書其他數百頁的畫例和序評都删去了；保留的圖譜也縮成只有原圖的一半大。饒是這樣，這本大版面（十五×十二吋）的畫册還是多達五百多頁，加上紙張厚重，等閒搬它不得。記憶裏那本薄薄一册的中文本究竟作了什麼樣的刪節，面對這本大書竟使人無法想像了。全譯《芥子園》的工程實在太大。各種西文譯本都沒有全的，只有日本人曾一再把它整部譯印出來。最近的一套是藝苑出版社在一九七二年出的，一共十三册，原文譯文對照並加注釋，每册棉紙線裝並有兩層盒套，一絲不苟。訂價雖然高達日幣四萬多，想來還是賣得出去。我看著它便又忍不住記起臺北買的那册《芥子園》，心裏惘惘然嘆息我們許多文化精品的失落。

然而最精緻的《芥子園》就我所知倒也不是日本人印的，而是一九五二年英國出版的《芥子園畫譜的彩色製圖》（*Chinese Color-prints from the Painting Manual of the Mustard Seed Garden*），其中複製了十六幅畫譜中的木刻圖版，極其精美。（印象裏瑞士似乎也出過彩印《芥子園》，但一時無可查對，姑存疑。）《芥子園》原以彩印之精聞名。明清之際江南一帶的刻製業盛極一時。《芥子園》的第一部分山水册是康熙年間（西元一六七九年）出的，而更早半世紀前南京十竹齋的彩印箋紙已經風行遐邇。美國有幾個圖書館藏有三〇及五〇年間摹印的《十竹齋箋譜》，極見典雅巧麗。王濬源題初刊《十竹齋箋譜》曾謂其「花之情，竹之姿，與禽蟲飛蠕之態，奇石煙雲之氣，展册淋漓，宛然在目。」然則摹品雖巧，比諸原作究竟存眞到什麼程度卻是難說的了。《十竹齋》《芥子園》都是印工中最富盛譽的，然而也跟許多其他的「精緻文化」一樣，都有不見傳人之嘆。一八八七年上海坊間刊行第一部石印的芥子園時，印者已經慨嘆善本難求了。此間所見譯本泰半根據的便是一八八七年的石印本，間也有根據較早的刻本的（如前述日譯本），但無論如何都是經過幾手傳摹翻印的本子。如果一八八七年已無善本，今本縱好，睹今思昔，總不免還是要教人模想其盛時華采！而所有今人對《芥子園》的評語，匠氣云云，在無法起眞本於魯壁的情況下，恐怕難免不是托空的評語了。卽使在今本中，拿西文日文的譯本和港臺新印的本子相較，其間精劣相去仍是不可以道里計。國內如果有人藏有較好的本子，似乎應該拿出來重刊讓大家共賞。如果人力財力許可，更應該廣求海內外珍本加以精印。據我所知，現在藏有最完整的《芥子園》早期版本的地方是密蘇里州堪城的「尼爾森藝廊及艾特金斯博物院」（Nelson Gallery of Art and Atkins Museum）。此外哈佛燕京學社、美國國會圖書館等地也藏有部分殘本。倘有有心人把這些現存的本子做一番整理，儘量還原給讀者一個接近《芥子園》本來面目的好本子，當是何等美事！

李笠翁刊印初版《芥子園》的時候，在序中寫到他初見編就的《芥子園》時便急急把玩，「不禁擊節，有觀止之嘆。」認爲這是「不可磨滅之奇書」，如果不公諸於世，將是「天地間一大缺陷事！」以笠翁手眼之高，賞鑑之廣，還給予《芥子園》這樣高的評價，我們今天如果能够恢復一點《芥子園》的本來面目，不僅可以如笠翁所希望的「俾世之愛眞山水者皆有畫山水之樂」，也免得劣本《芥子園》魚目混珠，愧對古人於地下。

　　在前期的「漢學談片」裏我曾提到第二次大戰後西方漢學中心由歐陸漸漸移到美國。許多中國古典名著的翻譯以往都由歐陸法德文等佔了鰲頭，但現在英文裏漸漸有全譯本在質上趕過了歐陸舊譯。紅樓、西遊、三國的全譯都是著例。《芥子園》也不例外。一九五六年施蘊珍女士（Mai-mai Sze）出版了《畫之道》（*The Tao of Painting*），分上下兩卷，上卷是中國畫的研究，下卷是《芥子園》畫譜部分的譯本。施女士所譯的《芥子園》與前述法文本範圍大致相同，唯法文本減除了一些序文及評注，施譯仍加保留。《畫之道》流傳不廣，但一九七七年普林西頓大學出版部取得這套書的第二卷，卽《芥子園》部分的版權，刊印了普及本。這書隨卽在第二年印第二版，顯見相當受到漢學界和藝術界的廣泛歡迎。這個本子雖是普及本，卻極實用，圖版的皴法勾勒都很清晰。如果把訂價（美金八元九角五分）和印刷水準放在一起考慮，這無疑是現有《芥子園》版本中最值得推薦的一本。而就英文讀者來說，施女士譯文的忠實和注釋的詳盡又是另一項收穫。書後另有兩個附錄，一是內容簡表，一是名詞的解釋，具見譯者的費心費力。寫到這裏，不免要贅一句話——介紹國外新書最不安的一點是介紹了一本書每每就爲翻印商指示了一個門徑。結果是間接幫忙損害了原著作人的利益。國內這幾年經濟發展得這樣快，一般人旅遊看電影飲茶的錢毫不吝嗇，何以獨獨捨不得買兩本好書？我每見翻書商把原來印製精美的書盜印成粗劣不堪的面目便覺痛心——尤其許多書的作者所花的心血還是在介紹我們的華夏文化！衣食足是知榮辱的起點，希望這篇小文不會又造成一本盜印。話題遠了，但關於《芥子園》要說的也就是這些。且暫擱筆。

一九八〇、二、五《聯合報》聯合副刊

# 《初唐詩》簡評

**（Stephen Owen／耶魯大學出版部／一九七七年十二月）**

談到唐詩，我們總不期然會先想到李白的風流狂放或杜甫的沉鬱深厚，要不便是長吉的怪異或義山的淒艷——這些，都是中唐以後的詩人，初唐時期照例是不太受人重視的，一千多年來中外對唐詩的研究何止盈筐累篋，但歐文（Stephen Owen）這本《初唐詩》（*The Poetry of the Early T'ang*）卻是少有的對初唐期詩作加以全面討論的專著。

歐文這本書分成五章：一、宮廷詩及其反對派（Court Poetry and its opposition）：此章泛論齊梁以來宮廷詩（遊宴、應制一類的宮廷中唱和之作）的風尚、特色及同時期若干樂府體及述懷等不同於宮廷詩的作品。二、對宮廷詩的背離：西元六六〇年至六七〇年（Away from court poetry: the 660s and 670s）。此章分析初唐四傑——盧照鄰、駱賓王、王勃、楊炯——的詩體及其脫離宮廷詩風的傾向。三、陳子昂（Ch'en Tzu-ang）：此章詳析陳子昂的復古作風，並探討其一系列感遇詩。四、武后及中宗朝的宮廷詩人：西元六八〇～七一〇（The court poets of Empress Wu and Chung-tsung, 680～710），此章分析這一時期宮廷詩的體制、題材，並及幾位主要詩人：杜審言、沈佺期、宋之問等的評介。五、張說及中唐期的前奏（Chang Yueh and transition into the high T'ang）：此章析論張說詩中駢儷色彩的減少和文字之趨於簡樸，並以之爲中唐詩風之開端。此外，這本書有三個附錄：⑴宮廷詩的章法；⑵平仄式；⑶引書、年代等注腳。

歐文這本書由於是對初唐的整體性的介紹，其敍述大致上力求平易清晰，對詩體演變的舉例說明也頗詳盡。對於想對初唐期的詩作有一個概括瞭解的讀者來說，這是一本很可一讀的書，但就專門著作來說，這本書體例上不甚嚴謹，音譯名詞及詩題有的附加中文有的不附，作者的中文名字也時有疏漏，書後的幾個附錄題目甚大而內容極簡略，缺乏一個差堪完整的書目等，都是缺點。此外，書中譯詩不下數十首，雖見作者舉例詳贍的苦心，且其中亦間有佳譯，但錯誤實在不少：

頁二二，「何以酬天子，馬革報疆場」二句中，「報疆場」的「報」是「報效」「酬報」之意，等於說「在疆場上馬革裹屍以報效天子」，歐文譯之爲「報告」（announce），全句意思遂含混不可解。

頁四五，太宗詠竹，有「臨池待鳳翔」句，歐文謂其義與傳說中「鳳鳥只在竹上棲息」(phoenixes nest only in bamboo) 有關。歐文並沒有注明他這個「傳說」的根據何在，但是鳳棲梧桐在中國神話和文學中早是盡人皆知的典故。《詩經》〈大雅〉卷阿篇的「鳳凰鳴矣，于彼高岡；梧桐生矣，于彼朝陽。」鄭玄箋注「鳳凰之性非梧桐不棲」，《莊子・秋水》篇也有「鵷鶵(幼鳳)……非梧桐不止」之語，都足證明鳳凰不僅不是「只在竹上棲息」，甚至根本是「不在竹上棲息」的。鳳和竹的關係是什麼呢？前引〈秋水〉篇的下一句是「非練實不食」，「練食」成玄英疏「竹實」，也就是說鳳的唯一食物是竹實，張九齡的〈感遇詩〉因而有「鳳凰一朝來，竹花斯可食」之句。卽使不談這些考證，杜甫的名句「碧梧棲老鳳凰枝」也已足以推翻歐文的「傳說」。

頁六七，王績有自嘲之句「倚罏便得睡，橫甕足堪眠。」一則說明自己的唯一嗜好是喝酒，二則強調自己的隨遇而安，毫不講究。歐文譯之爲「只有靠著酒棧我才能得到一點休息……」(Only when propped against the tavern can I get some rest)，大失其旨。

頁七四，歐文引了上官儀的「青山籠雪花」一句，認爲是春天裏的山富有活力，把雪花囚籠 (imprison) 起來，其實這個句子應視爲倒裝句，意思等於「雪花籠青山」或「青山籠在雪花裏」，一如「碧梧棲老鳳凰枝」終究是「鳳凰棲碧梧」而非「碧梧棲凰凰」一樣。

頁一二四，王勃的「同是宦遊人」裏「宦遊人」應是出外求官或出外做官的人。歐文以爲是在作官式旅行的人而譯之爲 men on official journey。這個譯法，要是碰上陸游的「宦遊三十載」，怕是最長的「官式旅行」了。

頁二一二，陳子昂〈詠周穆王見西王母詩〉，有「荒哉穆天子，好與白雲遊」之句，「荒哉」是責備穆王「荒唐啊」，歐文解之爲「粗野」(Rude and wild)，甚不可通。同詩「層城閉娥眉」一句，「娥眉」是以部分代全體的用法，說的是眉，其實是眉的主人——美女，歐文譯之爲「她們的蛾一般的眉毛被擋在層城裏」(And that tiered wall has blocked their moth eyebrows)，可謂怪誕。

錯譯之外，這本書的另一個大缺點是附注的中文不用排版而爲手書，字跡太劣，大有損美感。而錯字之多也到了刺眼的程度：《玉臺新詠》的「臺」寫成「壹」，趙壹則寫成趙臺，疆埸寫成疆殤，秦川寫成奏川等等不一而足。筆劃的隨意增減更是不勝枚舉。歐文費心整理出這樣一厚册初唐詩的研究，且又是耶魯這樣的學府重鎮所出，雖塡補了中國古典詩學裏的一個較荒疏的部門，值得我們感謝和推介，但這些編譯工作上的粗疏很可惜減損了全書的價值。

一九七八、十、二《中國時報》人間書廊

# 《五四時期的現代中國文學》簡評

黃碧端作
周陽山譯

（*Modern Chinese Literature in the May Fourth Era*／Merle Goldman **編／哈佛大學出版／一九七七年**）

本書收集十七篇論文，共分爲三部分：第一部分「內部與外來的衝擊」（Native and Foreign Impact）計六篇，第二部分「五四的作家」（The May Fourth Writers）計八篇，第三部分「承續與中斷」（Continuity and Discontinuity）計三篇。任何一位對現代中國文學發展感興趣的人，自然樂見一本範圍如此廣泛的書；而且，一如這本書名所揭示的，期望它能塡補欠缺已久的對這段時期文學主流的全面研究的一個空檔。但是多少使我們有些失望的是，本書主要只是探討當時作家中的左翼同情者與信仰者，如魯迅、瞿秋白、茅盾、丁玲和郁達夫，而對當時整個中間與右翼作家羣卻幾乎完全忽略了。本書也未能考慮到五四運動的領導性知識份子，要者如胡適、陳獨秀所扮演的角色。筆者認爲，任何有關五四文學的討論，如果不談胡適博士的貢獻，就等於上演《哈姆雷特》而少了丹麥王子這個角色一樣。這種討論範圍比重的失當，更明顯的是在十七篇論文中，討論魯迅的竟多至四篇。魯迅在現代中國文學發展上的重要性固然不容爭議，然而胡適所佔的重要性又何可忽視，胡適在中國文化史上的地位絕不應像本書僅僅止於字裏行間一筆帶過而已。

本書另一個顯然的缺漏是未討論到現代文學傳統中通常與小說並陳的三種重要類型：散文、詩和戲劇。因此本書所論列的作家，除了馬克斯文學理論家瞿秋白外，不外乎小說家或短篇小說作家（novelists or story writers）。雖然在序言中，編者古德曼（Merle Goldman）聲明本書無意做到「面面俱到」（comprehensiveness），但我們有理由期望，此書既然以五四時期的現代中國文學爲名，主題就應比這本文集所呈現的更多樣化，而且在意識型態上也應更具包容性。

本書的第一篇論文〈現代中國文學的源起〉（The Origin of Modern Chinese Literature），作者多姿羅娃（Milena Dolezelova-Velingerova，捷克籍）也許試圖爲這種比重失

匀 (lopsidedness) 找理由，因而聲稱白話和小說是五四時期最主要的兩個現象（phenomenon），並且白話文事實上「在晚清時期就已普遍的出現了」（頁一七）。但是，如果我們接受這樣一個觀點，某些特定的「現象」將變得非常難以解釋。例如，即使當時最激進的雜誌《新青年》，其一九一九年以前所發表的大部分文章便不是白話的。尤有進者，陳獨秀、胡適與傳統主義者之間就白話文是否可作爲正統文學的適當媒介的論爭，在五四運動後還持續幾達十年之久，白話文之「普遍出現」顯然不像多姿羅娃女士所想像的簡單。

一如本書中多次指出的，在傳統中國，只有散文和詩被視爲高尚的文體（頁一七、二五、三八）等。白話小說儘管內容豐富，歷史悠久（可上溯至唐宋），卻從未被學界視爲高尚的文體。經由陳獨秀、胡適、錢玄同、劉半農和周樹人、周作人弟兄的大力提倡，白話文才終於被接納爲一種純文學表達的媒介。如果沒有他們在這方面的努力，那麼也就不可能有（與本書相關的）二十年代、三十年代小說作品的豐收。本書未能對這些白話運動的先驅人物予以應有的評價，實在是一大不公。

儘管編輯立場有所偏頗，本書所輯的論文，大致都是資料充實的佳作，尤其值得一提的是白之 (Cyril Birch) 的〈中國小說的演變與承續〉（Change and Continuity in Chinese Fiction）。文中作者敏銳地洞察到，延安時期以後的小說中，充斥著英雄模式的塑造，而摒棄了個人主義的風格。可惜作者未能繼續討論到三十年代五四作家在意識型態上如何分裂爲左翼與非左翼陣營，並考慮到一九四九年以後，五四文學傳統如何在臺灣和在美國的中國作家作品中孳長發揚，否則這篇論文提供的助益將更大。

本書也有幾處錯誤與疏忽之處。例如，麥克道格（Bonnie S. McDougall）在第三十八頁上說，「遲至一八九八年，梁啟超還提出政治家公開從事小說創作是否適當的問題」。遍查梁氏的著作，並無法找到任何這樣自相矛盾的表白，卽使麥克道格所引據的李陳順妍（Mable Lee）的著作《梁啟超與晚清文學革命》（*Liang Chi-Ch'ao and the Literary Revolution of Late Ch'ing*）中，也沒有任何有關上述性質的話。事實上，梁啟超本人便是以政治家而同時從事小說創作的顯例。

此外，在多姿羅娃的引注中，黃遵憲的詩〈倫敦大霧行〉被誤譯爲"A Walk in London Fog"，雖然「行」可以解爲"walk"（行走），但在黃氏此詩，「行」指的其實是一種古體詩的形式。在索引中，著名的學者章炳麟和他自己的號「太炎」被分列成兩個人，而且章炳麟的羅馬拼音"Binglin"被誤拼爲"Bingling"（頁四六三）。另外索引中有不少頁碼印錯，讀者難免要有「索」之不得之苦。

還有很重要的一點要在此提出的，就是很可惜本書並無中文索引。羅馬拼音的錯誤往往使原來被引用的中文無法辨認，本書有不少這方面的錯誤。

原刊於一九七八年六月倫敦大學 *China Quarterly* 學報七十四期
譯文收於一九八〇《五四與中國》，時報出版社

# 《中國帝制時期史》簡評

大約一百年前（一八七七），英人 Charles H. Eden 寫了第一本通史性質的書介紹中國，書名曰《支那史貌》（*China: Historical & Descriptive*）。這本書，與其說是介紹中國，毋寧說是在滿足西洋人對中國的好奇心，作者對中國的「史」只有皮毛知識，「貌」則無非鴉片煙榻上的老槍、婦女的三寸金蓮、手執鷄毛撣的塾師之類，與當時國人相信洋人拿了照相匣子專門攝人魂魄一類「知識」，堪可東西輝映。

一百年來，東西方由點的接觸進入面的交流（儘管東方始終大大入超），Eden 一類的中國通已經逐漸讓專業的漢學家取代了。一九七五年史丹佛大學出版了賀凱（Charles O. Hucker）教授所著的《中國帝制時期史》（*China's Imperial Past*）。這之前，市面上就筆者所知，至少有兩種中國通史性質的書發行，一是費滋傑羅（C. P. Fitzgerald）的《中國》（*China*），一九三五年出版後一直有重印本發行，是一本文化史性質的通俗入門書。一是艾博哈（Walfram Eberhard）一九五〇年所著的《中國史》（*A History of China*），一九六九及七七年另有修訂版問世。艾博哈教授本人治社會學，他的論點偏重在民族融合和社會變遷方面。和這兩本書比起來，賀凱教授的新著在內容上更爲廣泛周詳，而印刷揷圖和裝訂之佳則堪稱所有中文外文的中國通史類書籍中最精美者。這本書雖也有它的缺點，但拿它和一百年前的《支那史貌》並比，我們本國人一邊心裏要叫聲慚愧，一邊也感謝這一百年裏，漢學界點點滴滴的努力畢竟也累積了一個盈餘的局面——我們國人會說洋話寫洋文的人雖然越來越多，和賀氏這本中國通史等量的西洋史我們到底沒有寫出過幾本。

《中國帝制時期史》一共分三個階段：遠古以迄西元前二〇六年（秦亡之年）爲帝制形成期（The Formative Age）；西元前二〇六年至西元九六〇年（五代結束之年）爲帝國前期（The Early Empire）；九六〇年至一八五〇年（太平天國起事之年）爲帝國後期（The Later Empire）。書末另有一短短的尾聲（Epiloque）略爲交代了民國以後的大勢變遷。前述三個階段中每一階段大致又分總論、政府及社會經濟、思想、文學藝術各項加以敍述。此書之敍事說明都很淸晰，論點平實，對在西方從事教學或硏究中國人文社會科學方面的人，都不失爲一本方便的參考書。若就歷史專書來說，則有點失諸浮泛，舉證和背景資料稍嫌不足。

此外，由於賀氏本人專研的是明代的政府制度，在討論文學藝術方面便留下來不少闕漏偏頗之處；比如他說文言對現代中國人來說其「參不透」（impenetrable）的程度相當於古典拉丁文之於現代西方讀者（頁一〇）。這點，大多數念過高中以上國文而又略好文墨的中國人，如果知道拉丁文對於一般的歐美讀書人多麼「參不透」的話，都不會同意。又如他說《老子》一書在西元前三世紀就已經是現代的形式（頁八八），其實早期的《老子》並不是現在《道經》在前《德經》在後的形式，《韓非子・解老喻老》篇中所引的《老子》是《德經》在前，年前出土的馬王堆漢墓帛書《老子》也是《德經》在前，詞句也和今本不全相同。此外，賀氏對中國文學批評的討論也嫌簡略，對中國文學批評的特色、功能是什麼完全忽略不談。書法繪畫方面，提了祝允明卻遺漏了顏柳歐蘇等大家。凌濛初的《二拍》裏的故事百分之六十以上是有來歷的，賀氏不察，以爲都是凌氏的創作……，書中詩文的翻譯也有可以斟酌之處，比如杜甫〈石壕吏〉裏的「（存者且偸生）死者長已矣，」是「死的人早已死了」之意，賀氏錯譯爲「殺戮已經進行了那麼久了」（The killing has gone on so long already，頁二五〇）；陶淵明〈歸田園居〉的「依依墟里煙」譯成了「Thick is the mist over intervening wastes」（頁二四三，按著名漢學譯家亞瑟威里譯這首詩也犯了類似的錯，「墟里」的「墟」是村墟——村莊——之意，兩人都把它當作「廢墟」的墟。——廢墟而又有「煙」，是以大費周折。）……

這些錯簡本來不足以掩全書之大瑜，但卻顯示了一個更基本的問題：一本完善的中國通史恐怕不是任何一個學者所能獨任其勞的。現代學科分工的精細已使「通人」成爲歷史名詞，而中國歷史的包羅之廣也使任何人即使想在一個小科目裏「專精」都得嘆生也有涯。前述《中國史》的著者艾博哈教授曾爲賀氏此書寫了一篇書評，艾氏本人也是中國史專家，然而他所指出的賀氏的錯誤頗有幾處還大可斟酌，其中之一是賀書第三十頁上說商朝和周朝都屬龍山文化後裔。艾氏認爲不對：龍山文化在東，周是西來部族，應屬仰韶文化。仰韶和龍山文化之間的確切關係考古學家迄今不能下一個定論，但一九五〇年代的許多出土古物已經證明龍山文化並不限於山東龍山。從地層先後、箭物紋樣上考查，仰韶、龍山兩種文化原是前後相承的關係。周文化極可能是龍山文化分布在渭水一帶的分支。在這個問題上，艾氏本人便沒有追上新資料的發現所帶來的新研究成果，而誤指對爲錯。天底下沒說過錯話的專家學者大概還從來沒有過，要求下一本中國史的出現能臻於盡可能的完美，需要的不僅是一、兩個專家的努力，而是各部各門專家的通力合作。中國史一門固然，其他各科各門亦莫不然。一念至此，不免要說，海內外的漢學者眞是任重而道遠了。

一九七八、五、六《中國時報》人間書廊

# 董西廂及其英譯

在西廂故事的發展史上，最爲一般人所熟知的大概是它的原本——唐朝元稹的〈會眞記〉以及元劇裏王實甫的《西廂記》。金人董解元的諸宮調《西廂記》在文學價值上可能比元、王之作都高，然而熟悉它的人並不多。董本固然也代代有知音：明朝的胡應麟讚它「字字本色，言言古意……金人一代文獻盡此矣。」（《少室山房筆叢》）；清人焦循在《易餘籥錄》中說有人把王實甫比爲詞曲中的陳思王、李太白，其實錯了，詞曲中的思王、太白應是董解元。他舉例說崔、張長亭送別一節，董本的「君不見滿川紅葉，盡是離人眼中血」便比王本的「曉來誰染霜林醉？——總是離人淚！」高明得多（「紅葉」和「血」意象相貫，「淚」和「霜林」則隔了一層）。又如董本的「且休上馬，苦無多淚與君垂，此際情緒你爭知。」到了王本變成「閣淚汪汪不敢垂，恐怕人知。」雅俗相去遠矣。……然而，不管董本怎麼好，畢竟諸宮調到了明代就已經是死的形式，沒有人知道它怎麼演唱了。在傳播上它註定要輸給正在粉墨登場的王西廂。《紅樓夢》裏黛玉讀了以後「但覺詞句警人，餘香滿口」的，便是王西廂，後來聽到《牡丹亭》曲文，聯想到「花落水流紅，閑愁萬種」而「心痛神馳，眼中落淚」（二十三回）的，也是典出王西廂。似乎，卽使是雅好詞曲的曹雪芹，王西廂對他也是比董西廂「順手」得多的材料。

董西廂自然不是沒有敗筆，但它的好處實在不止「言言古意」或「詞句警人」而已。在情節的處理上董西廂塡補了〈會眞記〉原作中元稹因爲閃爍其詞而留下來的許多漏洞：張生和鶯鶯的大團圓結局在元劇中雖是俗套，在《西廂》來說則遠比元稹筆下張生的絕情遠遁、文過飾非來得合於情理，故事前段鶯鶯方才痛斥張生爲德不卒，要他「以禮自持，無及於亂」，跟着卻攜衾抱枕投懷送抱，元稹一方強調鶯鶯是豪門貴胄，他方又使她的行爲這樣不「淑女」，不免貽後人之疑，（陳寅恪先生便曾推論鶯鶯其實是寒門娼女，見陳著〈讀鶯鶯傳〉。）在董西廂故事中，作者（我們迄今連董解元的眞名是什麼都不知道）費了很大的心血來重新安排崔、張自相見到相戀的一段情節。這一節同時也是董西廂寫得最成功的地方。〈會眞記〉裏寥寥三、四百字的敍述被演繹成上萬字的長篇描寫。元稹只告訴我們鶯鶯從冷漠到熱情的突然轉變，董解元則給了我們她在心理上和環境上這種轉變的必要交代；故事裏張生知道鶯鶯已許親表兄鄭恆，自覺無望，多事的紅娘則教以琴挑。琴挑的設計顯然是借自文君相如的故事，但董解元對鶯鶯聽琴以及接連發展的情節的細膩處置昇華了西廂的美感，而不僅是重複一個男女相悅慕的老套而已；張生深夜操琴而歌，鶯鶯被紅娘引到窗下，「待側近，轉躊躇，嚭嚭地把心不定。」矜持於禮教的鶯鶯即使窗外聽琴也是赧顏不安的。然而張生的琴聲「一聲聲盡說相思」，等她聽到「張弦代語兮聊寫微茫，何時見許兮慰我徬徨？願言德配兮携手相將，不得于飛兮使我淪亡！」時竟至潸然淚下。張生知道鶯鶯在窗外，火急走出來，卻攬錯了紅娘，而鶯鶯已經快步走了，「惟聞月下，環珮玎璫，蓮步小，腳兒忙，……嚭嚭地心驚，微微地氣喘，方過迴廊——」。這一夜，鶯鶯終宵無眠，「背畫燭，魆魆地哭。」紅娘看在眼裏，一早便去報信，張生自以爲妙計得售，送來情詩來勸她「樂事又逢春……幽情不可違」，但卻引得鶯鶯大怒，連送信的紅娘也險被鶯鶯一鏡臺擲過來打破頭。——這樣的粗鄙求歡完全不是鶯鶯純稚的心地對愛情朦朧而細緻的感受所預期的，下文她對張生的責備，與其說是責備他的無禮，毋寧說是責備他破壞了她心目中的愛情形象。——而這是〈會眞記〉中所完全顯示不出來的。——然而，等到張生相思成疾，鶯鶯看到他病骨支離、氣若游絲，自己先瓦解了，回去哭對紅娘說「如顧小行，守小節，誤兄之命，未爲德也」，終於決定委之以身，中國小說戲劇裏寫男女之情一向粗濫，不是沒頭沒腦地守貞就是後花園一會馬上接著床笫之私，董西廂對鶯鶯的描寫是少有的寫情之筆，其功勞固不僅僅在把〈會眞記〉裏左言右行的鶯鶯合理化而已。

王西廂的情節雖然整體是抄自董西廂，在這種細微綿密處反倒有眼無珠輕易放過：鶯鶯聽了琴接着便是催紅娘去探看張生，等紅娘帶了張生的情詩回來，鶯鶯佯作生氣，然而馬上自承是開玩笑（「逗你要來」），其手法之低劣和董本眞不可同日而語！

然而，如同我們前面所提到的，在董西廂罕有人注意的情況下，連才情絕世的林黛玉也被王西廂感動得心痛神馳。直至八個世紀以後西廂故事開始西傳時，王本還是比董西廂早了一大步：王西廂在一九三六年已經有熊式一先生的英譯本，董西廂則遲至一九七六年才由陳荔荔女士譯出(Li-li Ch'en, *Master Tung's Western Chamber Romance*，英國劍橋大學出版)。不過，陳譯隨即在去年得到全美翻譯類的書獎(National Book Award)，這是美國出版界的大獎，國人膺此殊榮的，陳女士是第一人。董西廂在西方漢學界雖不一定因而扳回先機，畢竟已經受到較廣泛的注意。卽以筆者所見到的幾篇英文書評來說，其中大都對陳女士的譯筆給予好評，並肯定董西廂的價值。但多數也都失諸泛泛(如去年四月一日《倫敦時報》文學增刊及同年春季號《今日世界文壇》*World Literature Today* 所作評論)。主要原因大概在於中國古典戲劇在西方仍是少有人涉足的一門，至於戲劇的前身「諸宮調」更是知者寥寥，寫書評的人如果不是行家，難免輕描淡寫以求無過。在這兒，特別值得一提的是去年六月出版的《哈佛亞洲學報》(*Harvard Journal of Asiatic Studies*)上大衛羅埃(David T. Roy)所作的書評。這篇書評長達十六頁，字斟句酌，注解不詳的則代查代解，詮釋有問題的則借箸代謀，羅埃氏誠有心人哉。他的論據雖有一兩處仍可斟酌，比如說董西廂的開場白唱了一連串的「也不是」這，「也不是」那，包括「也不是崔韜逢雌虎」、「也不是鄭子遇妖狐」、「也不是井底引銀瓶」等等，陳女士一概沒有加注，羅埃別的不提，單挑了一個「也不是雙女奪夫」，認為不該沒有注。偏巧這一串名目裏別的都是有故事或來源可索的(鄭振鐸氏在民國二十一年就已經作過考證，見《宋金元諸宮調考》)，只有「雙女奪夫」一則，羅埃雖然提出有可能是《輟耕錄》(一三六六年)提到的〈雙捉婿〉，也可能是《新刊全相說唱開宗義富貴孝義傳》(一四七七年)存目的〈二女爭夫姓趙人〉，但，除了顯示羅埃本人找材料的本領頗為可驚外(按前引鄭文曾猜了八、九則，包括〈雙捉婿〉，但何者為是亦付闕如。)像這樣以「可能是」來責譯者疏漏是毫無意義的——尤其是當別的許多「必然是」都放過不提的時候。

但是，整個來說，羅埃這篇書評執筆態度的嚴謹和字裏行間所顯示的對中文理解的高度敏感確乎值得我們敬禮。舉例來說，「杏腮淺淡羞匀」一句的「匀」，陳女士把它和「羞」字併讀，而解之為「她的雙頰只有一層羞赧之色」(Her cheeks are bare but for a layer of shyness.）羅埃改之爲「她的頰色淺淡，然而羞於勻抹。」(Her cheeks are pallid, but she is ashamed to adorn them.）因爲「勻」在這兒應是動詞，代替勻臉化粧之意。再如鶯鶯責備張生時，說看到他的情詩，想了各種辦法來明其不當，都覺不妥，「是用託諭短章，願自陳啟，猶懼兄之見難。」這一句陳女士提出兩個譯法，一作「如果我引介給你一些道德篇章，好讓你從當中自己知所行止，恐怕你不願費事去讀。」（英文從略），另一作「如果我寫一首勸誨的詩給你，使你從中看出自己的過失，恐怕你會怪我失禮。」（英文從略）。這兩譯都沒有抓住原文的意思，而羅埃的改譯是對的：「因此，我曾想寫一紙短簡給你以表達我的想法，但又怕你責怪。」(For this reason I wanted to write a short note that would express my true feeling, but feared that you might take it amiss.)

陳女士的譯文整體來說很是流麗工整，形式上更是一絲不苟地保留了原文的說、唱穿插及曲牌宮調等特色。羅埃氏也讚此作終於使中文翻譯在形式上與其他歐洲古典文學譯作達到同一嚴格水準。

談到形式，曲牌的存在雖是古典戲曲的特色，曲牌本身的字面意義則和戲曲毫不相干，它們所代表的只是曲的格式和音調，因此，「天下樂」的曲牌可能唱的是流離失所的痛苦，「牆頭花」可能用來表白忠臣義士。在翻譯上，曲牌如果一一按字面意思翻出來便可能造成讀者的誤解或至少不必要地分散了他們的注意力。陳女士意譯了大多數的曲牌而對曲牌的傳統用法並未加以解釋（也未說明少數曲牌如「玉胞肚」、「文如錦」等何以又一反書中常例加以音譯），讀者中畢竟外行居多，一見題的是「耍孩兒」唱的是秋景蕭瑟，題的是「木蘭花」，說的是張生肚子餓，不免要摸不著頭腦了。

一般來說，戲曲的翻譯比任何其他文體都難。除了形式內容必須兼顧外，由於戲曲中所使用的是當時的口語，口語的變遷速度比書面語言快得多而可參考的材料又少得多，譯者此時等於在跟數百年前的人談話，其費勁可想而知。下面筆者擬就羅埃所未遑顧及的一些問題略舉幾則加以探討，其中有些是口語一類的問題。

故事開頭，張生遊普救寺，遠遠瞥得鶯鶯一面，驚艷之餘思慕不已。一晚月下閒行，又覷見鶯鶯，正在大喜，不料紅娘適時闖來把鶯鶯叫走了，張生此時「一片狂心，九曲柔腸，剗地悶如昨夜。」「剗地」一句陳譯作「唯願我還能回復到昨夜懵懂的鬱悶」(If only I could regain the innocuous bordom of last night! 頁二一八)，就筆者之見，「剗地」在詞曲中的一般用法並無「唯願」一類的意思而應解作「還是」，「依然」。陳允平的《丹鳳吟》有「過了幾番花信，曉來剗地寒意惡」，是「曉來春寒依舊」的意思。元劇《趙氏孤兒》裏救孤的程嬰對孤兒隱約講了一番他的身世，孤兒仍不明就裏，程嬰急了，說：「你剗地不知頭共尾。」也是「怎麼你還是不明白！」的意思。在張生的例子裏，這句話等於說他的「狂心柔腸」在今夜見到鶯鶯而無所獲之後便「依然煩悶如昨夜」了。

再如亂兵圍普救寺，猛和尚法聰出頭拒敵，打了第一回合勝仗，乘勝大喊「更有當風的，快出馬！」「當風的」應是「更厲害的」、「更敢出頭的」，陳女士譯為 If anyone else is crazy enough to fight.（那個瘋到敢出來打的），把「風」解作「瘋」在此處恐怕不妥。

翻譯戲曲的另一個棘手的問題是人稱的辨別，張生得鶯鶯答詩許以幽會之期。張樂極忘形，送信的紅娘問寫的是什麼——

> 儘紅娘問而不答。驀見紅娘詢問著道：「若洩漏天機，是那不是？」「是您姐姐，今宵與我偷期的意思，說與你也不礙事。」

這一節的兩段對話，大概只能斷為前段是紅娘講的，因為儘問而不得回答，便以為張生是怕（若）「洩漏天機」，張生這時才「驀然」見到紅娘在問他，於是答說告訴她「也不礙事」。陳女士把兩段都當是張生說的，而解之為：「紅娘不肯放棄。張生於是說：『我不該洩漏天機，但是，你姐姐與我約會今宵，告訴你大概不妨吧。』」（頁一四二，英文從略）這個解釋，除了人稱上無法說圓之外，「儘紅娘問而不答」變成「紅娘儘著問」，也不對。

拉雜舉了這些例子，只是相與析疑的一點微意，應無損於董西廂英譯的整個成就。譯事之不易爲知者多矣，而古典戲曲翻譯之難尤在諸種「譯事」之上。董西廂是我們戲曲遺產中的瑰寶，陳女士排除萬難獨任其艱把它譯介給西方讀者，且爲它贏得了國際令譽，其費心費力之處自是值得我們三致敬禮。

一九七八、三、二十七；二十八《聯合報》聯合副刊

# 附錄㈠：「剗地」與「羞匀」

## ——兼寄黃碧端小姐

魏子雲

讀黃碧端小姐大作〈董西廂及其英譯〉一文，……所擷譯事中的問題，無不字字深入義理，智慮精純，至爲欽佩，唯今所擷有關董西廂之「剗地悶如昨夜」與「杏腮淺淡羞匀」二語中的「剗地」及「羞匀」二辭，鄙意以爲陳、羅二人所譯，悉非本意。茲提拙見如下：

### 一、剗地

按「董西廂」卷一的這段唱詞，先後共用「剗地」兩次，先說「剗地相逢，引調得人來眼狂心熱，見了又休把似當初不見是他時節，惱人的一對多情眼，強睡些何曾交睫；更堪聽窗兒外面，子規啼月。」後說：「此恨教人怎說，待撿了，依前又難割捨。一片狂心，九曲柔腸，剗地悶如昨夜。此愁今後知滋味，是一段風流寃業。下稍管折倒了性命去也。」試看兩次所用「剗地」一辭，在這兩段語言中的語意，既無陳譯的「惟願」之意，也無你的意思應解作「還是」、「依然」等意，它們應是「突然」之意，一如今日習用的「猛可地」詞意相等。

這一段唱詞，寫的是張生隨喜普救寺遇見鶯鶯，借住西廂，入晚出來窺探，不期又遇見了拜月的鶯鶯，正想走到跟前說句什麼，被氣撲撲走來的紅娘給拖走了。是以「生怏怏歸於寢舍，通宵無寐」。這一段就是描寫張生回到寢舍後的心理狀態。此所謂「剗地相逢」，意思就是寫張生在憶想他日間兩次遇見了鶯鶯的驚奪心情，所以才有下句的「引調得人來眼狂心熱」之語，以及他一夜不曾闔眼，而子規在窗外啼月，不堪聽也得聽的愛意折磨。此一曲牌的下解，說「此恨叫人怎說」？意思是：怎麼不是呢？人家又不認識你，既然人家又不認識你，竟在頓然巧遇之後，便自作苦惱（恨應作惱解）起來，「叫人怎說」，就是自己也說不出這惱的來由呀！待丟了不想吧，卻又丟不掉，卽所謂「才下眉頭，又上心頭」的這種心情，故謂「依前又難割捨」。正因爲「依前又難割捨」，所以才引起「一片狂心，九曲柔腸」。但是，儘管狂心如萬頃驚濤，九曲柔腸千萬回轉，張生總知道這是單相思，於是，他一想到這裏，便突然之間，悶懨懨地跌落在暗夜中了。從修辭、語態、義理等學理上看，「剗地」一詞在這些文句中，所擔當的意義，都是「突然」、「猛可」之意；剗，削也，引申爲陡然之意。至於所引其他如陳允丰的《丹鳳引》：「過了幾番花信，曉來剗地寒意惡」

也是「突然」、「猛可」之意。《趙氏孤兒》之「你剗地不知頭與尾」，更是如此。因爲程嬰認爲他這樣隱約說出的故事，照趙武的一貫聰明，應該了解才對，如今，趙武居然就不能明白，這使程嬰非常難過，遂發急著說「你剗地不知頭與尾」，意思是說：「你怎麼突然沒有過去聰明了呢！」或「你怎麼突然笨得連我說的這些話，也領悟不出頭尾呢！」

再說「剗地悶如昨夜」之「昨」，仍是「作」之誤刻。不過，古人用字，往往采音近、形近、義近相假的原則，常常不太斟酌此類別字。但我們讀中國文學的人，卻必須有此概念，注重上下文義，萬別被古人的「別字」擾繞，像「如昨夜」就是「如作夜」，意爲如同夜晚似的，決不是像昨天夜晚，這時的張生，昨夜還未到普救寺呢？若是「昨夜」，就毫無文義了。

## 二、羞匀

寫有「杏腮淺淡羞匀」的這段情節，在張生退賊之後，崔老夫人擺設筵宴，答謝張生。這一對有情的青年男女，原期在此酒席筵上，締結絲羅，不想夫人賴婚。頓使二人大失所望，所以鶯鶯在母命其以妹見兄之禮拜見張生時，便以疾辭。「夫人怒曰：『張生保爾之命，不然爾虜矣！不能報恩，以禮，能復嫌疑乎！』久之方至。常服悴容，不加新飾，然而顏色動人。」於是下寫來到筵宴上的鶯鶯是：「滴滴風流，作爲嬌更柔，見人無語但回眸，料得娘行不自由；眉上新愁壓舊愁。」再寫：「天！天！悶得人來够，把深恩都變作仇。比及相面待追依，見了依前還又休，是對面相思對面羞。」又：「怪得新來可喞噹，折倒個臉兒清瘦，瘦卽瘦，比舊時，越模樣兒好否。」這一大段仙呂樂神令，完全基於張生的當時心理與目光焦點，來映現鶯鶯的「常服悴容，不加新飾，然而顏色動人」的情態。

「當初救難報恩，望佳麗結絲羅，及至免危答賀，教玉容爲姐妹。此時張生筵上無語，情懷似醉，偸目覷鶯，妍態迥別。」遂寫：「寃家爲何近日精神直恁的消磨，渾如睡起尙古子，不曾梳裹：杏腮淺淡羞勻，綠鬟瓏璁斜軃，眉兒細凝翠娥，眼兒眉剪秋波；嬌多，想！天眞不許胭脂點汚。」這一段寫的是張生偸覷鶯而妍態迥別的狀貌，是緊接著上句「瘦卽瘦，比舊時越模樣兒好否」，意思是瘦是瘦了些，卻比舊時的模樣兒，越發的還要美呢！所以下面的「杏腮淺淡羞勻」，所描寫的雖然張生偸目覷窺到鶯鶯之「常服悴容」，這寃家爲何這幾日也是精神恁的頹喪呢？好像早晨睡起的女兒家還沒有梳理。寫鶯鶯這時再被母親喚出陪宴，精神已萎頹得連頭上的裝飾也懶得整理了。所以下面還寫有「綠鬟瓏璁斜軃」，鬟邊的瓏璁都斜掛著。顯然地，鶯鶯在母命其以兄妹之禮見張生時，便以疾辭，在房裏連妝都未上，等到母親非要她出來不可，便以不加修飾抗議，來到席上，連瓏璁都斜軃着了。可是，鶯鶯出來，雖是常服悴容，不曾梳裹，然而「杏腮淺淡羞匀」，眉兒細凝翠娥，眼兒媚剪秋波」，這種天生的自然美，眞是比舊時所見的盛裝華貴，模樣兒是越發的好了。作者對於鶯鶯的這份自然而天眞之姸，說是「嬌多，想，天眞不許胭脂點汚。」業已說明了這一小段描寫，寫的是鶯鶯的自然美，亦足可想知「杏腮淺淡羞匀」一語之文義，非羅埃所改的「她的頰色淺淡然而羞於匀抹」了。

從修辭上看，「杏腮淺淡羞匀」並無動詞，全是名詞與形容詞組成的；就是「剪秋波」之「剪」，也是通過形容詞來表現它的動態詞性的。其他三語爲羞、髀、凝，更是以形容詞性來完成其動能詞的表現，如「腮」是名詞，「杏」是形容腮的，但杏是黃色的，這裏決不是形容腮黃，應是指腮的杏花之色。腮既是杏花之色，則淺淡已自呈現，可想「淺淡」一詞，不是修飾「杏腮」而是形容「羞匀」的，指腮上的嬌羞淺淡地浮漾着；意思是：「杏花色的腮頰上，匀徹地浮漾著淺淺淡淡地嬌羞。」這個「匀」字不是動詞，是徹偏之意，「羞匀」嬌羞滿腮也；乃形容詞意氳。不過，如把「匀」字看成是「勺」字的誤刻，則「羞勺」之意，乃是指腮上注滿羞意的小酒渦；「勺」同「酌」，可以小酒梧解。若此則爲「杏花色的腮上，淺淺輕輕地廻旋着注滿羞意的小酒渦」，這樣看，豈不是更空靈些？

一九七八、五、三十一《聯合報》聯合副刊

# 附錄㈡：「剗地」與「羞勻」的再商榷

## ——敬復魏子雲先生

拜讀五月三十一日「聯副」魏子雲先生的大文〈「剗地」與「羞勻」〉，對拙作〈董西廂及其英譯〉（「聯副」三月二十七、二十八日）中「剗地悶如昨夜」及「杏腮淺淡羞勻」二語的解釋有所教正。魏先生文中所提各點容在下文加以討論，魏先生的諄諄長者風範則是我必須在這兒先表示十二萬分的謝意和敬意的。

「剗地悶如昨夜」一句拙文解為「依然煩悶如昨夜」。魏先生認為應是「突然間，悶懨懨地跌落在暗夜中了。」魏先生的論點，要之有二：其一、「剗地」必須解為「突然」、「猛可」。其二、「昨夜」之「昨」乃「作」之誤刻或通假。而「作夜」，魏先生認為就是「夜晚似的」的意思。

先就「剗地」來說，魏先生說：「剗，削也，引申為陡然之意。」「剗」之字義同「削」，這固然不錯，但從「削」要「引申為陡然」，這種說法不僅任何辭書字典都翻不到，究之事實恐怕也無法成立。「剗，削也」之解，見「廣雅」釋詁引「後漢書」胡廣傳的「剗戾舊章」，在這裏，「剗」所同的是「削平、削除」的「削」，魏先生想是把它視為「陡峭」之「峭」了。由於「剗」的意思是從「削平」之「削」來的，它所能「引申」的意義便只在「平」——「平白」、「照舊」，乃至如口語的「還是」「一個勁兒」——一類的意思上，而不可能是「突然」。舉例來說，《孝福碑》劇裏的「為何不進取功名，剗地流落四方，是何主意？」便是「平白流落四方」而不是「突然流落四方」；辛棄疾詞裏的「歲晚淵明也吟草盛苗稀，風流剗地向樽前采菊題詩」，便是陶淵明在歲晚時節「依然」風流地采菊題詩，而不是「突然」采菊題詩起來；《馬陵道》劇裏的「你剗地不知罪！你……明明是有反魏之心」，便是「你還是不知罪麼！」而不是「你突然不知罪！」；「桃花女」劇裏的「只見茫茫蕩蕩，一剗都是荊榛草莽」的「一剗都是」，也是「全是」、「一個勁兒是」的意思，而非「突然是」。拙文前引的程嬰對趙孤說的「你剗地不知頭共尾」（前文刊出時排字誤為「頭與尾」，累得魏先生也誤引，很抱歉。）和陳允平（魏先生文中引成「陳允丰」）的「曉來剗地寒意惡」二例裏的「剗地」，也都應作「還是」「依舊」。其所以魏先生把它們解成「突然」而念起來也似乎順口，原因是「剗地」原是副詞性質，換了另一個副詞上去，兩個句子在句法（syntactic）層上無大差別，眞正的差別是在語意（semantic）層上。我們說

「天冷了花仍舊開著」，改成「天冷了花突然開了」，當然也念得過去，然而意思卻不是原來的意思了。「剗地」在字義上不能解作「突然」已如前述，在用法上如果解成「突然」，也無可避免地要岔了語義。張生此時之「悶」只能是「依然」而不是「突然」。

其次的問題是張生的「悶」究竟是「悶如昨夜」呢？還是如魏先生所說的，「昨」刻錯了，是「悶如作夜」？魏先生最大的論據，是張生「昨夜」還沒到普救寺，沒見到鶯鶯，無從「悶」起。這兒牽涉到的一個問題是，張生的悶與不悶和他見到鶯鶯已否有沒有必然關係？有人也許要說，董解元曾描寫過張生「愛寂寥，耽瀟灑」，這樣的人要不是撞上了鶯鶯，怎麼會「悶」？這樣說法是小看了董解元對他所塑造的人物所具備的人的通性的認識和透視他們的內在情緒的能力：再瀟灑的人還是有「悶」的權利和可能，董解元倒不必等我們告訴他人的情緒不是一成不變的。他寫張生遊學到了蒲州時便說他「尋得一座清幽店舍住下了，住經數日，心中似有悶倦。」這「悶倦」原無妨於張生的瀟灑，而因了這「悶倦」才有下文張生要店小二帶他遊普救寺解悶乃至遇見鶯鶯的情節；也因了這「悶倦」，使得遊寺當晚，張生再瞥鶯鶯一面而未能一通款曲時心緒「剗地悶如昨夜」的「悶」有了交代——這悶，是未遇鶯鶯前的悶，它固然可以是「昨夜之悶」，也可以是昨夜以前的悶。董解元的伏筆作得這樣周到。如果我們硬要指「昨夜」是別的什麼字的誤刻，未免辜負了原作者的一番苦心，更不必說「悶如作夜」在字義上遠比「悶如昨夜」爲彆扭。再以通假來說，「作」字有和柞、酢、斮、胙、作、詐、鑿等字通假的，至於和「昨」通假則未之前聞，這種通假在本身不能證明成立的時候至少需要一個同類例子來做旁證，可惜魏先生大文中並沒有提出任何以「作」代「昨」的旁證。退一步說，在訓詁上，當字句本身的意思能成立的時候，讀者應以從原句的讀法爲尙，魏先生說「讀中國文學的人必須……注重上下文義，萬別被古人的『別字』擾繞。」此言甚是。然而，如果古人並沒有寫別字，「萬別」被他們所「沒有寫的別字」所「擾繞」，想來應是更重要的一條準則吧？

魏先生大文中引了董西廂裏數百字的描寫來證明鶯鶯有「自然美」，且從而「亦足可想知『杏腮淺淡羞勻』一語之文義，非羅埃所改的『她的頰色淺淡然而羞於勻抹』了。」鶯鶯的自然美原不須這樣著墨的證明，而證明了鶯鶯的自然美也並不就能證明羅埃譯文的正誤。這個譯句所以是對的，留待下面討論，我們先看看魏先生怎樣證明「杏腮」一句的解釋應是「杏花色的腮頰上，勻徹地浮漾著淺淺淡淡地嬌羞」。魏先生的論點如下：一、「杏腮」一句「並無動詞，全是名詞與形容詞組成。」「羞」是「以形容詞性來完成其動能詞（此處想是『動態詞』或『能動詞』之誤？）的表現。」二、「腮既是杏花之色，則淺淡已自呈現，可想『淺淡』一詞，不是修飾『杏腮』而是形容『羞勻』的。」三、「『勻』……是徹徧之意，

『羞勻』嬌羞滿腮也。」這兒所引的都是魏先生的原文，所以我想我下面的歸納應不致乖離魏先生的本意：

> 「杏腮淺淡羞勻」一句裏「杏腮」是名詞，「淺淡」是形容詞用來修飾「羞勻」，而「羞」則是以形容詞作動詞。

先不說這個分析本身有它文法上不能成立的地方（修飾「形容詞」或「動詞」的絕不能是「形容詞」），我們且用魏先生的現成字句按這個分析來組織成句子看看：

> 杏花色的腮頰上淺淡地嬌羞滿腮。

這個句子通不通在其次，主要的是它不幸並不同於魏先生自己所提出的「杏花色的腮頰上，勻徹地浮漾著淺淺淡淡地嬌羞」，在魏先生自己的這個譯句裏，原來判定「沒有動詞」的卻憑空多了一個動詞：「浮漾著」，也就是實際上魏先生把「勻」拿去充當動詞角色而增飾出了一個動詞片語：「勻徹地浮漾著」，至於魏先生認爲是以形容詞作動詞用的「羞」則在魏先生自己這個句子裏以名詞的面目出現。也就是說，如果魏先生大文中對「杏腮」一句的文法分析是對的，則魏先生所提出來的這個譯句便是錯的；如果魏先生的譯句是對的，則其文法分析便是錯的。——當然，這兩種可能之外還有一個可能，就是魏先生的分析和譯句都錯了，如果魏先生原諒我的不敬，我的結論不幸正是這第三種可能，以下是我的論證：

一、在「杏腮淺淡羞勻」這樣的句子裏，「淺淡」可不可能作「羞」而非「杏腮」的形容詞？「淺淡」在這個句子裏是形容詞，這是魏先生也同意的。這個句子的結構是「名詞片語」（杏腮）＋「形容詞」（淺淡）＋「述語」（羞勻），類似結構的句子在詩詞中並不少見，舉例來說：

笑語盈盈暗香去（辛棄疾）
暮靄沉沉楚天濶（柳永）
雲霓明滅或可睹（李白）
夕陽閒淡秋光老（柳永）

都是，而這些句子裏的形容詞「盈盈」、「沉沉」、「明滅」、「閒淡」都只能修飾句首的名詞，「杏腮淺淡羞匀」一句的結構以我的判斷是和這些例子同類的，也就是「淺淡」應修飾「杏腮」，這樣的判斷自然可能主觀，也許不足以排除其他可能，我們再試從「杏腮」一句的前後文去找證據看看——

二、「杏腮淺淡羞匀」和它下一句是駢偶的：

杏腮淺淡羞匀
綠鬢瓏璁斜嚲

我們不難看出這兩句的每一個文法成份都是成對的：「杏腮」對「綠鬢」，「淺淡」對「瓏璁」，「羞」對「斜」，「匀」對「嚲」。「瓏璁」的意思是頭髮蓬鬆狀，因而只能修飾「綠鬢」（魏先生大概把它當成髮飾，文中解之爲「鬢邊的瓏璁都斜掛著」，這恐怕和把「剗」字當成「突然」一樣是望文生義的結果。「瓏璁」根據中文大辭典有四解，一作金玉之聲，一爲頭髮蓬鬆貌，一爲樹木青葱，一爲曉色蒼茫，都附有詩文的例子可資查對。）相對的，「淺淡」也只能是它前面的名詞「杏腮」的形容詞。「嚲」是下垂貌，在句中是靜動詞性質，同理「匀」也是動詞，「羞」和「斜」各是它們的形容副詞。董解元詞句極工——

我們得注意他甚至連「淺淡」和「瓏璁」兩個相對形容詞的偏旁都是成對的——我不知道有什麼理由我們一定要把這樣工整的句子所留給我們的現成解釋硬是撇在一邊而另外去摸索一個詰屈聱牙的旁解來？這兩個對句參考而得的唯一結論便是「杏腮淺淡羞勻」只能解成「她的頰色淺淡然而羞於勻抹」。至於魏先生說「勻」還可能是「勺」的誤刻，恕我直言，「昨作」誤刻的這類純想像不好一再拿來作學術討論的佐證：文字考證不是猜謎，到底有的是規則可循。

剩下的一些小問題，和主題關係雖不大，魏先生謙沖君子，或不責我多事：魏先生文中說「杏腮」必是淺淡的，無須再以「淺淡」形容之。實則杏腮何嘗一定是淺淡的呢？任何美麗女子的腮都可能被稱爲「杏腮」，她們之中自然有些人顏色淺淡有些不淺淡，這類習用的描述語彙（如杏腮、綠鬢、玉手……）都在長久的沿用當中逐漸失去了它們原來的特定含意了，更不必說杏花本來也不見得怎麼淺淡，韓文公詠杏花詩便有「杏花兩株能白紅」的句子，杏花的白中帶紅，離「淺淡」還有一點距離。此外魏先生所引的「……不能報恩，以禮，能復嫌疑乎！」想來斷句法應是「不能報恩以禮，能復嫌疑乎！」「嬌多，想！天眞不許胭脂點汚。」應是「嬌多，想天眞不許胭脂點汚。」；「渾如睡起尙古子，不曾梳裹」應是「渾如睡起，尙古子不曾梳裹」。這句的問題是魏先生把「睡起尙古子」連讀而解之爲

「早晨睡起的女兒家」，其實「尚古子」等於「尚兀自」，猶今語的「還」「仍」。在戲曲裏「兀自」除了「古子」外有時也寫成「古自」、「骨自」、「骨子」、「兀然」等等，都是因爲先有口語，寫戲曲的人照發音湊上字的結果，是個副詞，不能解爲「女兒家」。

一九七八、九《幼獅文藝》二九七期

# 文化外銷

手邊剛拿到兩本「中文資料服務中心」(Chinese Materials and Research Aids Service Center)在臺灣印刷裝訂而在美國發行的小說，一本是施叔青的集子 *The Barren Years*(《那些不毛的日子》)，一九七五年版；一本是羅體謨(Timothy A. Ross)所譯的姜貴的《旋風》，去年剛剛出版。看到這兩本書，心頭的感覺不免是一則以喜一則以憂——有人在努力把臺灣的文學作品通過翻譯介紹給西方讀者，豈不可喜。然而，以這兩本書的出版水準而想打進美國市場，恐怕不能不使人興前路漫漫之憂。不談別的，這兩本書的紙張設計和裝訂都還停留在臺灣市面上的翻版書水準，而訂價(施著二五五頁美金九・五元，姜著五五八頁一六・五元)卻高於美國同類性質的精裝書——甚至包括特別精緻的禮物版——這是沒有誠意要賣書的做法。書商的想法也許是只要推銷給幾家非買不可的圖書館就可賺回本利而不計其餘，但眞正關心臺灣的文學「輸出」的人則不可短視如此，自己先砸了招牌。

長久以來，中國現代小說對西方讀者的意義幾乎僅止於二、三十年代的作品，至於新作品，則無非紅色政權下無產階級的「翻身」故事。其所以如此，原因之一是中共設在北平的「外文出版社」每年大量把精工印製的譯書及期刊（要者如一年出十二期的《中國文學》*Chinese Literature*）以低廉的價格推銷到西方世界（*Chinese Literature* 有英文及法文版）。相形之下，臺灣的文壇顯得聲息全無，夏志清先生一九七一年的修訂版《現代中國小說史》（*A History of Modern Chinese Fiction*）附加了論姜貴的《旋風》一章，同年並在《二十世紀的中國小說》（*Twentieth Century Chinese Stories*）一書中收了聶華苓、水晶和白先勇的三個短篇，才爲介紹臺灣小說作了開路工作。一九七五年國立編譯館出版的《現代中國文學選集》（*An Anthology of Contemporary Chinese Literature*）是國內主動對外介紹本國作品的開端，一九七六年劉紹銘先生編印的《六○年代的臺灣小說》（*Chinese Stories from Taiwan: 1960～1970*）更進一步塡補了臺灣小說在西方學界長久以來的空檔。然而，要使外人認識到臺灣的文學作品在繼承整個中國文化上的意義，這些努力都還只是起步而已。舉個例子來說，哈佛大學去年六月出版了一厚冊論文集，書名爲《五四時代的中國文學》（*Modern Chinese Literature in the May Fourth Era*），壓軸之作是柏克萊加州大學白之（Cyril Birch）教授的《中國小說的改變與（五四精神之）延續》

(*Change and Continuity in Chinese Fiction*)，白之教授拿中共的招牌小說——浩然的《金光大道》——與五四時代作品比較而慨嘆中共文藝已失去「五四」的個人色彩和寫實精神，退化到了說故事式的人物好壞分明、情節步步可測的舊小說老套去。白氏是美國漢學界的耆宿，然而他在追尋五四精神的繼承時看到的只是中共文學，甚至於當他在其中找不到「五四」的延續時仍沒有回頭來看看中國人在自由地區所可能維繫著的五四精神——追求個性解放和自由表達的精神。臺灣這十幾年來小說界人才輩出，尤其短篇小說，成就已遠超過二、三十年代的作品，把它們推介給有志於中國研究的西方學者，不僅必要，而且也許是比推介唐詩宋詞更爲迫切的工作，因爲只有當代文學能使讀者感受到這個社會的活的命脈和切身的息息相關。我們看到深愛中國古老文化的 Simon Leys 失望於中共苛政的無理性而有《中國的陰影》(*Chinese Shadows*)之作（按：此書已接連數週爲《時代週刊》編輯人選爲最佳非小說類新書），浸淫中國文學已久的 Cyril Birch 讀了《金光大道》也不能不嘆息五四個人精神的失落。事雖可傷，道理則是不難明瞭的——一個文化要想用古董來維繫她本身的可敬可愛是不够的，重要的是她的「眼前」也得拿出好東西來證明她能够做這個文化的繼承人。這，也許是身在自由地區的一千多萬中國人應當自勉的。

回過頭來看看前面提到的兩本對美發行的小說譯本（據我所知，除編譯館的《選集》

外，這是「唯二」以對美銷售爲目的的臺灣文學作品），則我們有理由期望它們以更完善的面目出現在它們的新讀者面前。除了印刷裝訂的問題前面已經提過外，這兩本書編輯工作的粗疏和翻譯上的毛病都相當嚴重。

大致來說，就翻譯論翻譯，《那些不毛的日子》比《旋風》可讀得多，錯誤整個來說也較少，但並不是沒有。這個集子一共收了施叔青的五個短篇：〈那些不毛的日子〉、〈凌遲的抑束〉、〈泥像們的祭典〉、〈倒放的天梯〉和〈約伯的末裔〉。譯者 John M. McLellan 在書前說明這些故事是和原作者前後花了五年時間合作譯成的，從它們的錯譯越往後越少的情形來說，我們大概有理由猜測第一篇〈那些不毛的日子〉是「起手」之作：兩人都是生手，因而錯誤偏多。打開兩三頁我們便讀到作者回憶她幼時住的地方，「左邊那棟有個洞口的屋子不就是我家麼？」（Was not that house on the left with the cavernous entrance my own house? 頁㈢）使人懷疑這是個黃土高原上窯洞式的「屋子」，而原來原文是「右邊那棟門口有個防空洞的，不正是我家嗎？」「右」變成「左」猶其餘事，譯者不知「防空洞」爲何物而把那房子的進口當成個「洞」，相信沒有一個英文讀者讀了會明其所以然。

同一頁上再往下看，原文形容幼時僻遠鄉村裏的鄰人，安靜的時候「是一張張前傾的，狩候著什麼的臉」，譯成了 their faces were always bent forward as if hiding something (他們的臉總是前傾著，彷彿隱藏著什麼)。臉的「前傾」和「狩候」的聯想是作者匠心所在，譯成「隱藏」，完全破壞了「前傾的臉」的意象。仍是同一頁裏，作者形容她一霎間的恐懼：「廚房早已熄火的磚砌大灶在昏黃的燈光下，愈看愈像一座隆起的圓墓堆！」「廚房裏」給譯成了「院子的一端」(at one end of the courtyard)，「圓墓堆」則變成了「墓碑」(gravestone)。這雖有可能是譯者爲了遷就西方少有圓堆狀的墓而代爲曲解的辦法，然而把廚房裏的灶搬到院子裏去，而灶又會像墓碑，畢竟還是有點離奇。

類似這樣的錯誤在頭一篇故事裏比比皆是。嚴重的比如原文形容另一個賣野藥、信基督的鄰居，家裏收拾得很潔淨，門前漆著「神愛世人」，「雖是靠賣野藥爲生，他並不像大刀王五一樣，在自家門口擱上一把紮紅布的刀。」這段在譯文裏卻成了「雖是靠賣成藥爲生，他倒不像一般成藥販子似的耍刀耍劍吸引觀眾，可是，他門前還是掛著一把帶著紅布招的矛……」(Although he sold patent medicines to make a living, he did not seem like the typical patent medicine man who performs a sword act to draw a crowd. Still, outside his door, there hung the lance with a red banner attached…頁六)。又如故事裏引述一個童話式的傳奇，一個火車頭變人的傳說，作者加了一句：「也說不定眞的是爲小孩編的故事」，到了譯者手裏，則成了「這大概本來不是爲小孩編的故事」（perhaps not originally intended for children. 頁八）諸如此類和原文意思正好相反的說法，譯者是不能辭錯譯之咎的。

但是，以集子裏後來的幾篇故事錯誤大爲減少和譯筆整體上可稱流暢自然來說，McLellan 在譯這些故事上所下的功夫仍是值得我們敬禮的，使人更失望的是《旋風》的翻譯。

《旋風》的原文譯文都達五百餘頁，Timothy Ross 花這樣大的力氣來譯這本書（這之前他還出過一本介紹姜貴的專書，一九七四 Twayne版），我們當然只有感激。但是行文的明白簡潔是《旋風》的特色之一，譯文則拖泥帶水，累贅不堪。譯者不能擺脫中式表達的牽絆是一個原因，比如說有一段主角方祥千說他安於文案（書記）之職，人家問以後呢？他說：「以後死了，到陰曹地府，替閻王爺當文案去。」譯文是 Later on I'll die and go to the Palace of the Judge of the Dead to be Lord Yen's correspondence secretary.（頁八～九），其實「陰曹地府」、「閻王爺」都有現成字眼可用，hell 跟 Yama King 已足以表之。類似的例子比如說人把祖上的田「賣上他幾畝」，翻成了 Sell his few *mou*（頁一一），原文裏的「他」其實就是「田產」的重複受格代稱，不譯也可，譯成 his 則不可。再如有一處讚人書寫得好，「實在是扛鼎一樣的大作」，「扛鼎」爲拘泥原文又照翻成「就像舉起一個大銅鼎一樣」(like lifting a great bronze tripod. 頁一一二）。凡此都使得譯文讀來不像英文。這種譯法竟是為忠於原文的一字一句而使得譯文的整體不忠於原作了。此外，譯文中錯解原文的地方也不在少數，舉例來說，頁二一上說到九月天涼「早晚間且需薄棉了」，「早晚間」是早晨和晚上（氣溫比白天低的時候），譯者誤以為是早晨和晚上「之間」而譯之為「白天裏」(in the daytime)，變成了一個乖違自然的現象。再如「正月初一到二月初二」給譯成了「一月的頭兩週到二月的後兩週」(from the first fortnight of January to the second fortnight of Feburary，頁一五〇)。書裏有一處笑人不通，「上年他把南學屋一副對子，欲除煩惱須無我的惱字，寫成腦袋的腦字。」在譯文裏變成「上年他給南學屋寫對子，懶得查惱字怎麼寫，把它寫成腦袋的腦了」(Last year he did a pair of scrolls in the South School house, and wanting to avoid the trouble of looking up the character *nao* [vexed] he wrote the character *nao* [brain]，頁一五四）。另一處，貧家女入了侯門，「滿頭珠翠」起來，翠者，主要指綠玉，意謂珠光寶氣，被解成了「滿頭翠鳥毛」(a headdress of kingfisher feathers，頁二五二)……。錯譯之外，還有就是專有名詞音譯上的疏忽：「貢院街」始終稱「齋院」(Chai-yüan）街，「方珍千」老是叫成方修千（Fang Hsiu-ch'ien)，方鎮（「方家莊」之意）的「鎮」被當成專有地名處理，翻作 Fang Chen，晉人阮籍（Chi）讀成阮藉（Chieh），……不一而足。

上面所舉的問題，不僅是譯者的，也是出版社的編輯人的責任。編輯人卽使顧不到翻譯正誤的問題，至少要責成每本書詳列其所根據的原著版本，翻譯原則的說明（直譯、意譯間尺度如何，採用什麼拼音系統，對專有名詞，度量衡，曆法等如何處理，等等），如果書前能有一個長序對該書作一個詳盡的評介以幫助讀者的了解自然更完備。上面這兩本書雖然有序，但是都相當簡略，至於版本、翻譯說明等則均付闕如。這個問題在《那些不毛的日子》一書中尤其成問題，因爲這個集子所收的五篇東西各有不同的出處，而篇名又不是照原名直譯（如〈凌遲的抑束〉譯爲〈記憶的聯鎖〉——The Chain of Memory），而書中對這些一概不加說明。這種缺欠不僅不合英美一般書刊的編輯原則，更重要的是，這是對讀者不負責的態度。

說到「負責」；就更使人感慨系之了。臺北幾家幾十年老招牌的出版商仍不斷在翻印舊書或盜印別處編校的現成書，而對版本種種絕不加以說明。讀者需要引用時不是得花「偵探」工夫去追索來源就是得將錯就錯，再不就是根本不知就裏，把張某的書當成李某編的或者民國三十年的老版當成六十五年的新書。凡此種種出版界的劣跡，全世界以文明自負的國家再沒有比我們更甚的了。自己國人如此，想想也沒有什麼顏面苛責熱心爲我們翻譯書刊的外人。更迫切的問題還是趕快提高我們自己的出版水準。有人看到這幾年牛津版的幾種英文字典，六十年代初期的是細布精裝，七十年代的已經都是紙皮裝訂，「手民之誤」也遠比美國的韋氏（Webster）、蘭頓（Random）等字典爲多，便不免長嘆「大英帝國眞是沒落了。」這種「一葉知秋」法固然不便當眞，但從一個國家的出版品可以看出這個國家維護自己文化成品的誠意和其人民知識水平的高低則是可以斷言的事。文化外銷是當前急務，但怎樣把要銷的貨色提高到外銷水準更是急務中的急務，海內外的出書人和讀書人其共勉哉。

一九七八、一、二十八《聯合報》聯合副刊

**後記**：此文寫成至今已經十五年。文中所談到的國內的印書水準，盜版風氣，乃至於中共的「文藝」意識型態等問題，近年已經大有改變。不過，本國文學外譯的整體成果則還有待努力。

一九九三、五、一

# 附錄㈠：「文化外銷」一解

彭歌

黃碧端先生一月二十八日在「聯副」發表〈文化外銷〉一文，其愛國之思，躍然紙上。文中所謂文化外銷，實卽各方呼籲已久的現代中國文學作品外譯的問題。

黃先生指出，西方讀者近年所看到的中國現代作品，無非是紅色政權下無產階級的「翻身」故事。其所以如此，原因之一是中共設在北平的「外文出版社」每年大量把精工印製的譯書及期刊，以低廉的價格推銷到西方世界。

中共重視這件事，所以不惜用它政權的力量去推動。據我所知，中共的「人民出版社」所屬各種文字的翻譯人員（當然不全是翻譯文學作品），就有八百人之多。至於精工印製，廉價傾銷，完全不計血本，更其餘事。彼方是有計畫地、大量地、無所謂成本地搞翻譯。其中也包括文學其名、「翻身」其實的東西推廣到鐵幕以外。在它整個對外統戰的活動中，這雖然只是一個小小的環節，但卻是極其重要的部分。他們運到海外的出版品，不是以册計，而是以箱計。

我們如何？大家為文學外譯也作過一些事情；但幾乎都是靠了民間出版界、翻譯界一些熱心人在單打獨鬪。零零星星，斷斷續續，談不上長期而整體性的計畫。走一步，算一步；譯一本，是一本。作的人都是但求盡一分心而已，影響將如何？收穫在哪裏？他們簡直就不能想。至於政府主管單位，二、三十年來為文學外譯所作的，齊邦媛教授等主編，由國立編譯館出版的那兩卷《中國現代文學選集》，大概是僅有的成績，也就是黃先生文中提到的。邦媛為那部書所付出的心血與時間，非外人所能想像。

黃先生指出，「中文資料服務中心」在臺灣編印而在美國發行的兩本小說英譯本，有若干缺點，定價偏高，「以這兩本書的出版水準而想打進美國市場，恐怕不能不使人興前路漫漫之憂。」這是實在的話。

不過，馬上要說明的是，以國內民間出版界之力去譯介文學作品，要想與中共來作「量」的競爭，那是不够的；要想在短期間達到美國出版品的規格，恐怕是不可能的。

因為彼此立足點的條件相差太遠了。那「中文資料服務中心」是由美國出版家艾文博(Robert L. Irick)主辦，原以出版中國古典作品的書目工具為主；近年略有盈餘，才轉而譯印現代的中國文學作品。

艾文博在耶魯、哈佛讀過書，他創設這個中心是因爲他眞心愛慕中國文化。這個獨身的中年人住在臺北，每天平明卽起，八點鐘之前一定到辦公室。他工作的實況我不甚了了，至少他那一分敬業的精神令人可佩。當然，我們希望他今後能作得更好。

當代文學作品外譯，是艱鉅、繁複而又迫切的工作。而這類工作要作得像樣一點，需要我們的政府、翻譯界，和出版界共同努力，而主要責任應該是由政府擔承起來。惟有政府有專責機構來主動號召、組織、有長期計畫，才能眞正開展，而不是零零星星、斷斷續續地打濫仗。至於像艾文博出版的兩本書，在今天看來乃是「雪中送炭」。我們自己人應該認眞作點事情，不能靠別人。

一九七八、二、二《聯合報》聯合副刊

# 附錄(二)：「文化外銷」退一步的做法

水晶

拜讀到一月二十八日黃碧端先生的〈文化外銷〉一文，也引起我的一些感想。把臺灣一些好的短、中篇小說，翻成英文，推銷到美國市場上去，自然是一件當務之急。但是翻譯原是一件難事：如何將一件藝術品，存眞地換成另一種語文，風韻不減地亮相在洋人眼底，非大智者，不能爲也。最近西洋漢學界有位叫霍克斯 Hawkes 其人，傾其全力翻譯《紅樓夢》，已有宋淇（林以亮）先生加以評介，可惜霍克斯譯文係根據程本，張愛玲女士在〈紅樓夢魘〉中惋惜地說，這是彌羅島出土的斷臂維納斯裝了義肢，擔心在國際藝壇上會減卻原著的光輝，足見譯事除了本身的問題，還有許多意想不到的困難！

譯事最難者，是原作者的口氣——有時可以說是風格，和原文的文字結構，往往譯不出來，結果一篇小說，通過譯文，交代的只是一些情節，一個故事大綱，這有多洩氣！

記不清楚是那一本批評書上，例舉了一段普魯斯特的《往事追憶錄》。英、法文是在性質上極爲相近的文字，但是這本批評書的作者仍然惋惜地指出，法文文法裏有一種 imparfait（或可譯爲過去持續式動詞），在英文中就無法能夠表達，結果普魯斯特整段文字中，所欲透達的基本內涵，在英文中整個略去了。這樣一說，翻譯工作簡直可以稱之爲焚琴煮鶴的殺風景了。

我寫出以上這段話，並無意奉勸從事翻譯工作的諸君子，放棄手邊的作業，而是希望大家謹愼從事，下筆時多斟酌一番，別把馮京譯成馬涼而已。我個人認爲，翻譯能夠做到一筆不苟，已是不易；傳神與否，只有寄望天才的出現了。

其實，我們最迫切需要的，倒是幾本有著詳細注解的中文短篇小說集。把小說翻成英文是希望打進美國的出版界，還是讀書界？若是出版界，則未免含有商業的傾向，這一點我認爲在目前的局面下，困難的層次較多，也不容易克服，像加大教授白之（Birch）是學術界人士，尙且把中共和臺灣截然分開，不混爲一談，何況出版界以營利爲目的，出路更難打開。那麼，剩下來就是讀書界了。在這一界內，翻英文不若弄中文，選印幾本精美的、注釋詳盡、不帶說教氣息的集子，讓美國懂中文的朋友先看先學——注釋這一點很重要，若是獨缺這一項，在課堂上甚難教學生，換一句話，要他們弄漢學的朋友先改變對臺灣文學的看法，登高一呼，觸引他們研究海的這一邊，中國人寫的現代文學的興趣，似易收到事半功倍之效。

夏志清先生和劉紹銘先生先後所編的中國短篇小說集，是英文譯本，喜愛這兩本書之美國人，也許也懂中文，想一窺原貌，這時候，有一種配合英文本的中文集子該多好！（我說的集子，是包括詳細注釋在內的那一種！）

我迫切希望國立編譯館能夠做這一件編、選、注、解的工作。若是不然，我將來自己會做。目前我在美國，也幫著教授們（像白之他們）教中文，但是因爲是四肢發育未全的蝌蚪，不能暢所欲爲。我無意批評他們取材的不當。但是我深深以爲，要向美國人推銷臺灣文學，說：「臺灣這十幾年來，小說界人才輩出，尤其短篇小說，成績已超過二、三十年代的作品」，編選幾本堂皇的、夠得上國際水準（沒有錯字，注釋詳盡確實令人滿意）的中文集子是必要的！

一九七八、二、二十二《聯合報》聯合副刊

# 理學的知與行

——從一本陽明學新書談起

王陽明（一四七二～一五二九）死後兩百年，王學流派被顧炎武指爲明朝亡國之因，說他們空談心性「置四海困窮不言」。然而到了十九世紀中葉，當中國的積弱於鴉片戰爭一役暴露無遺時，在日本的王學子弟卻掀動了翻天覆地的明治維新，開創了百年來日本躋身世界強國的先機。王學之能爲福爲禍果如此之甚麼？抑或竟如日本高瀨武次郎在其《日本之陽明學》書中所說的，「陽明學含有二元素，一曰事業的，一曰枯禪的。」日本得其前者，中國得其後者，其造就遂判然有天壤之別？這固然不是一個容易回答的問題，然而歷來有關王學的論著不外介紹陽明的生平或探討程（頤）朱（熹）、陸（象山）王（陽明）兩派的分別，或演繹一下知行合一的理論。至於王學在中國歷史上有沒有什麼「行」的成績，論者總不出顧氏或高瀨氏二家之說——陽明本人或者無過，王門子弟則難逃「空談心性」之咎。

在這種情形下，一個想從現代倫理的角度來評價王學功過的人看到杜維明氏的新著《理學之發皇爲行動》（Tu Wei-ming, *Neo-Confucian Thought in Action*，加州大學一九七六年出版）不免耳目一新，而對標題所暗示的討論主旨寄以厚望；然而縱覽杜氏書中所論，我們卻又不免要惋惜他放過了一個可以大有作爲的題材——

杜氏全書僅在副題「王陽明的青年時代」上做文章，於正題大旨反而不暇顧及，整個來說也許應該算是一本加了討論和注釋的王陽明傳。杜氏在總論中標舉此書的重點在探討陽明的「聖學」：陽明怎樣經過長期的思辨、尋求而終於達到學說的圓熟和人格的完滿，杜氏認爲其中有幾個一般觀念中所不免的矛盾：⑴陽明是儒者，儒者講求用世，罕見孜孜於追求內在的自我完成的；⑵陽明以學者而涉足宦途，其間必多牴牾，何以能兩不偏廢？⑶陽明性格中一片生氣，功業彪炳，與「成聖」所需的沉靜歷練大相逕庭；……這些「矛盾」提供了有趣的思考方向，但「矛盾」卻不是那麼必然：兼有事功與道德和儒家理想（內聖外王）其實不衝突，其可能性更是因人而異——聖哲豪傑的存在原是不需要理由的。誠然陽明兼有武功和文采，且一生於人格之陶煉孜孜不懈，臨終人問遺言，答以「此心光明，亦復何言？」其執著與灑脫均常人所不能及。杜書想爲陽明這樣一個豪傑兼聖哲的存在找理由，這固然沒有不可，然而畢竟不能免於只成爲一部演繹陽明生平的作品。而其主旨，恐怕也主要在於陽明的從「行」（事功，思辨）到「知」（學理之完成）的生命歷程而非由「知」到「行」。

在想探討王學的動態成就的題旨下，一個更有價值的落筆點也許應該是把王門子弟當中的行動派——顏山農、何心隱、李贄等人——的功過從現代角度來作一個新的估價。一則這些人是王學薰陶下的產物；二則他們所共同具備的狂狷之士的氣質恰好代表了王學的進取躍動的一面；三則他們的成敗遭遇是當時整個社會習尚和對眞知力行的容忍（或不容忍）度的最好說明。這樣一個考量也許也能提醒我們換一個角度去思考幾個問題：王學在中國之流於「枯禪」眞是不可避免的嗎？還是他們也可能演出轟轟烈烈的改革，卻被當時社會的黑暗保守所扼殺了？宋明理學今天留給我們的只剩下一個外則以禮教吃人，內則老朽無用的印象，他們是否事實上也曾內含了生機活潑的學理或實踐？

陽明一生，居夷處困動心忍性，其說自謂乃是「從百死千難中得來」，原不能期之沒有同樣經歷的人有相同會心。而學理上的爭辯到其弟子輩也確已生歧義，眞正對後世產生深遠的影響並且到今天仍使我們追仰的是他的精神。陽明處身明季，當時極權之殘苛與思想之專制在整部中國歷史中除日後的共產極權外無出其右，陽明有入世的熱情，然而所身處的「世」卻是不容易「入」的。他的一生便是一個追尋自己的安心立命之道並想用以解決生民痛苦的一個歷程。陽明早年出入佛道，涉獵詞章、學劍學俠，顯示了他不自囿的追求探索；在因爲上書謀救戴詵等人觸怒權閹劉瑾，被謫至貴州龍場的瘴癘之鄉時，從人皆病，他卻胸中洒然，親爲他們劈柴挑水作食，詠歌談笑解頤；爾後寧王宸濠謀反，當時他方平定閩境巨寇，聞訊不待詔令卽起兵聲討，一月之間生擒宸濠，然而他的動機並不是爲效忠一家一姓，而是因爲宸濠「凶殘忌刻世所未有，使其得志，天下無遺類矣」的以生民爲念的懷抱；陽明心學行世以前的明代思想界完全是程朱理學獨專的局面：嚴君子小人之分，王霸義利之辨，其末流使思想隸於一尊，捨朱注四書外無書，捨八股外無仕進之途。陽明痛心其弊，力陳「道，天下之公道也；學，天下之公學也。非朱子可得而私也，非孔子可得而私也。」更進而高倡「聖人之學，心學也」。爲拯救這樣一個人心痲痺、思想膠著的時代，陽明開出的藥方是要人重新認識到獨立自主、發揮人人本然之善的重要。他揭櫫「知行合一」「致良知」之說，認爲人心之本體卽足以明德，苟能致（勵煉、擴充）其良知並力行其良知所臻之層次，則人人可以爲聖賢，這個說法使上自公卿下至走卒精神上概屬平等；更因爲反求諸心，於是外在標準悉喪失其權威而臻人人於思想上之眞自由。陽明良知說一出，天下風從，幾欲舉千年來政治上與思想上之一尊局面而摧毀之，宜乎及其方歿，道統派卽橫加詆譭，劾其爲「僞學」。然而道學家所懼憚的正是陽明的偉大處：他的不依阿權威，擇善固執的狂狷之士的胸襟。

王門子弟中的心齋（王艮）一派可說充分繼承了陽明的這種狂狷精神。黃宗羲的《明儒學案》說他們：「其人多能以赤手搏龍蛇，傳至顏山農、何心隱一派，遂非名教之所能羈絡矣。」在一個浪漫唯美的時代，「非名教所能羈絡」的人上焉者詩酒風流，下焉者矯情欺世，都可能傳爲美談，魏晉的名士便是例子。然而明朝是中國歷史上最不浪漫的時代，守「名教」正是它的時代特色，任何輕舉妄動都會成爲罪過——而不是「美談」。王門的「能以赤手搏龍蛇」的弟子一腔熱血，以天下教化爲己任，「農工商賈從之遊者千餘，秋農成隙，則聚徒談學，一村既畢又之一村，前歌後答，絃誦之聲，洋洋然也。」（〈泰州學案〉）。孔子「有教無類」的理想到他們手中才眞正實踐光大起來，他們同時又是一腔俠腸的，王世貞譏之爲「借講學爲豪俠之具」（《弇州史料》），原來「豪俠」也只有浪漫的時代才能容忍，王陽明爲抗章救戴詵等受杖刑四十，死而復蘇，且謫爲龍場驛丞，與司馬遷爲李陵辯護而受宮刑一樣，本身便構成一樁俠行。心齋子弟於此尤得陽明眞傳。顏山農護送同門的趙大洲赴貶所，不辭千里；何心隱、李贄輩更是破家不顧而以師友爲性命，二人且均殉其信念。何心隱嘗集資在其鄉族建聚和堂，興義學，「設率教、率養、輔教、輔養之人，延師禮賢……會計度支以輸國賦。……彬彬然禮教信義之風，數年之間，幾一方之三代矣。」（鄒元標：《梁夫山傳》，按：梁夫山爲心隱原名），然終因地方惡吏苛歛，不得不解散出亡，又嘗結交明世宗所寵信的道士藍道行，教以借行法啟世宗對權相嚴嵩之疑，成功地導致嚴嵩之去位，當時嚴嵩父子弄權，朝中正直之士坐死相望，何心隱不費一兵一卒而除此大患，其功殆非坐談「明其道不計其功」的腐儒所能相提並論，然而也因爲嚴黨餘勢的追索，心隱終其一生屢屢變易姓名，浪跡江湖，最後復因聚徒講學，爲當道所忌，假竄其名於亂黨，杖刑庾死。

繼王門諸人之後，李贄更對明季的道學和權威加以激烈攻擊，他本陽明的良知之說，力言阿附權威將導致泯滅眞性，「蓋天生一人，自有一人之用，不待取給於孔子而後足也。若必待取足於孔子，或千古以前無孔子，終不得爲人乎？」李氏所言所行確爲明季思想解放之大纛，其民貴君輕之主張復爲中國民本思想史上重要一環，然李氏也終不能見容於道學當權，於七十五歲高齡被捕，自殺獄中。《明儒學案》說何李輩「掀翻天地，前不見有古人，後不見有來者，釋氏一棒一喝，當機橫行，放下柱杖，便是愚人一般，諸公赤身擔當，無有放下時節，故其害如是。」「其害如是」是寓褒於貶的手法，眞正的「害」是從此王學在中國只剩下「無害」的談心性一派，乃至於明哲保身，「置四海困窮不言」。

何李輩都可以算是陽明的第三代弟子，他們化心性之談爲積極行動的熱情絕不下於日本王學的第三代弟子。後者爲反對幕府的割據苛政和當時排斥西學的愚昧觀念，也是殞首焚身，前仆後繼，其中著者有大鹽中齋、吉田松陰等人。吉田因倒幕勤王被處死後，其弟子伊藤博文親爲收葬遺骸，更繼其遺志佐明治天皇完成轟轟烈烈的維新運動。得遇大有爲之君固然是伊藤之幸，然而相較之下我們不免要嘆息何何李輩之不幸，更何明季中國之不幸了。

從杜氏之作談到這兒，似乎太遠，只是有感於杜氏新著既以「理學之發皇爲行動」爲題旨，對這些眞正使王學眞髓發而爲行動的熱血之士卻隻字不提，未免缺憾，爰爲補綴如上。杜書於陽明的生平及思想發展過程討論綦詳，對陽明學者自仍有足供參考之價值。同時可以一提的是，近十年來歐美漢學界對宋明思想之研究日益重視。哥倫比亞大學的 Wm. Theodore de Bary 教授所主持的東方研究小組於此致力尤多。陽明學方面則以陳榮捷、張君勱二氏用力最勤，除了發表的論文外，陳氏的陽明專著有陽明《傳習錄》和《大學問》的翻譯 (*Instruction for Practical Living and Other Neo-Confucian Writings*)，一九六二年由哥大出版。張氏著有 *Wang Yang-ming: the Idealist Philosopher of 16th Century China*，一九六二年由紐約聖若望大學出版，此書對陽明生平及學說作了簡要的介紹和解說。理學新秀當中則以自澳洲大學畢業的秦家懿 (Julia Ching) 最受學界矚目。秦女士除於一九七二年由澳大出版其陽明書札英譯 *The Philosophical Letters of Wang Yang-ming* 外，七六年復有哥大出版之 *To Acquire Wisdom: the Way of Wang Yang-ming*，是書分爲兩部分，第一部分是陽明學說的解析，第二部分是陽明若干重要詩文的翻譯。本文所引介的杜維明氏新作亦於同年出版。一九七六年可以說是陽明研究在歐美漢學界的豐收年，王學之未來發展，可以拭目待焉。

一九七七、十、三十一《聯合報》聯合副刊

# 《揚雄之賦的研究》簡評

在所有的中國文學體裁中，賦可能是西方漢學家們最不敢輕易涉足的一門。幾十年來關於賦的西文專書只舉得出寥寥幾本。最早的是亞瑟威理（Arthur Waley）在一九二三年出版的 *The Temple and Other Poems*，書中選譯了自宋玉到歐陽修的十餘篇賦。其後 George Margoulies 曾將《昭明文選》中所收的賦譯爲法文（*Le "fou" dans Le wen-siuan*, 1926）。一九三五年 C. D. Le Cros Clark 在上海出版了 *The Prose Poetry of Su Tung-p'o*，研究蘇東坡的文賦，其中雖有不少錯謬，但迄今仍是論賦的英文著作中最詳瞻的一本。此外有 Erwin Von Zach 的 *Die chinesische Anthologie* (1959)，是《文選》賦的德譯。一九六一年 E. R. Hughes 以張衡班固的〈兩都〉、〈二京賦〉爲主寫了 *Two Chinese Poets: Vignettes of Han Life and Thought*，一九七一年則有 Burton Watson 的 *Chinese Rhyme-prose*，也是選譯性質，但書前的長序，就賦的介紹來說是一篇難得的深入淺出的好文。最近一本有關賦的專著是去年劍橋大學出版的康達維（David R. Knechtges）所寫的《揚雄之賦的研究》（*The Han Rhapsody: A Study of the Fu of Yang Hsiung*），也就是本文所要介紹的一本。

這本書以揚雄的四篇賦——〈甘泉〉、〈河東〉、〈羽獵〉、〈長揚〉——爲主，並論及漢賦早期發展，揚雄的評價及譯介其晚期的若干短賦。作者 Knechtges 是美國漢學新秀中以治學勤謹著稱的一位，他選擇揚雄這個題目，價值上雖或不若霍克斯（David Hawkes）的翻譯《楚辭》和《紅樓夢》，其不畏難的精神則是同樣可敬的。漢賦，卽使是國文系的中國學生，眞正涉足其中的也不多。漢賦在解釋上所牽涉到的音韻訓詁等知識先已令人卻步，多數賦的本身又缺乏足够深長的意義使人「排除萬難」去探索它。借句張炎對夢窗詞的批評，賦也正如「七寶樓臺，眩人眼目；拆碎下來，不成片段。」對一個以外國文研究賦的人來說，除了要在「不成片段」之中找出意義來之外，還得具備能用其本國文同樣搭起「眩人眼目」的七寶樓臺的能力，其不易爲，可想而見。知識和語文的問題直接關係到從事者的才和學，在這點上，Knechtges 頗表現了「上窮碧落下黃泉，動手動腳找材料」的精神，詮釋雖還有些可以探討之處下面將會提到，註釋查證的周詳至少已顯示作者在成書過程中所下的苦功。譯文方面，對中國讀者來說，我們也許要覺得古意不足，兩千年前的漢賦變成了現代英文的分行。但是要一個現代譯者把我們的舊詩譯得古趣盎然也許是奢求了。翟理斯(Herbert Giles)以來似乎已經沒有什麼人想把中文詩譯得合乎英文古典詩格律，去年 Doubleday 書店出版了柳無忌、羅郁正兩教授合編的「漢詩英譯集」*Sunflower Splendor*（另有原文本題曰《葵曄集》），頗受學界矚目，其中許多翻譯恐怕也只能算是把原詩分行重述而已。譯事固難，求古雅於譯事尤難。我們今天如果有人要譯 Coleridge 的 The Rime of the Ancient Mariner 也不會是辜鴻銘的〈古舟子詠〉那樣如見湘楚烟波的詩句了。對於想從今譯去發思古之幽情的人，這眞是徒呼奈何的事。

值得一談的是，對於揚雄這樣一個歷史定論多少還引起爭論的人，Knechtges 面對了要辯護自己爲什麼下這麼大工夫來研究他的問題。除了肯定揚雄是西漢末期的文壇領袖外，Knechtges 在書中並極力洗刷揚雄兩點素來受疵議的地方：其一是揚雄曾靠攏新莽，人格上不免白璧有瑕。其二是揚雄的作品幾乎全屬模仿，《太玄經》仿《易》，《法言》仿《論語》，〈廣騷〉仿屈原，而 Knechtges 這兒所譯的四篇賦一般都認定是司馬相如的〈子虛〉、〈上林〉和〈難蜀文老〉的模品。揚子在他的自敍詩裏對自己的仿騷，仿相如也直認不諱。對這兩個問題，Knechtges 的辯解是揚雄在新朝的職位微不足道，並且個人行爲上的是非不應該比附到作品的價值上去。至於模仿云云，Knechtges 認爲揚雄的作品與前人的相同最多只是貌似，實質仍有許多不同。我們大致可以同意揚雄的作品雖難免模仿之跡，但模仿不同於抄襲。由於揚雄本人才高學贍，即使是模仿，模仿之中仍見其新意，他的〈廣騷〉雖是仿騷體卻可以作「反騷」讀便是一例。然而 Knechtges 也許避開了一個問題：要談揚雄的文學地位，除了他在當時的重要性，他的是否雖模仿而不落窠臼之外，更重要的也許該是他對整個文學發展的影響。就這點來說，恐怕 Knechtges 便有未盡之處了。揚雄自己的模仿容或也有正面價值，他所光大（模仿其實不始於揚雄，司馬相如的〈上林賦〉其實已難逃模仿枚乘〈七發〉之嫌）的模擬之風使得晚期的漢賦完全是邯鄲學步的作品才是關鍵所在，揚雄之過在此不在彼。

揚雄在文學史上的獨特之處，在他是唯一一個站在賦家的立場對賦體之弊病痛下針砭的人，他晚期自悔舊時所寫的許多賦只是雕蟲小技，而且「極靡麗之詞，閎侈鉅衍，競於使人不能加也，既乃歸之於正，然覽者已過矣。……」對於自己所半生孜孜從事而且備受稱賞的事業提出這樣誠實而又嚴厲的自我批判的，在整部中國文學史上都是一個突出的例子。揚雄的這段少作之悔未見有太大影響，因爲「賦」這種麗詞繁藻、粉飾太平的東西，即使借名諷諫，畢竟看的人只揀喜歡的看，〈大人賦〉想勸武帝不要尋仙求藥，結果武帝看了反而「縹縹有凌雲之志」，諷諫云云，「猶鄭衛之聲，曲終而奏雅，不已戲乎！」揚子知之深矣。後來的左思想一改賦體的堆砌，埋頭雕了十年的蟲，寫出來的〈三都賦〉其藻飾猶過前人（而這也正是〈三都〉一出洛陽紙為之貴的原因）。就是揚雄本人，自責過後仍又以賦體寫〈解嘲〉等，他對賦的心情也許是一種來往於兩端的掙扎。Knechtges 是兩千年來第一個把揚雄寫成專書的人，而不曾在這點上探索揚子內心的隱微，不免有幾分美中不足了。

Knechtges 這本書大致說來討論略嫌不足，引證則稱詳贍，是典型的學院派作品。譯文部分的考證尤見其博覽詳審的工夫，然而仍有不少處還可斟酌。舉例來說，他把〈羽獵賦〉稱為〈校獵賦〉而沒有提出任何何以要這樣擅改古人的理由。〈羽獵賦〉在《漢書》和《昭明文選》裏都已是定名，即使晚出的研究，要者如高步瀛的《文選李注義疏》也沒有稱之為〈校獵賦〉。Knechtges 這一易名，唯一可能的原因是他誤讀了揚子在〈賦序〉裏所說的「故聊因校獵賦以風之」，他把這句話譯為 Thus, I used the pretext of the Barricade Hunt Rhapsody to make an indirect criticism of the Superior. 一般來說，「因」的字義雖有近於「用」，在這兒卻是介詞的性質而非動詞（一如《紅樓夢》裏「空空道人」讀了《石頭記》後「因空見色」只能解作「『自』空悟見了色」而非「『用』空來悟色」），揚雄這一句的主動詞應是「賦」而非「因」（只有在解為「依照」、「親近」一類意思的時候「因」字作主動詞用）。它的斷句應該是「聊因校獵，賦以風之」。Knechtges 把〈校獵賦〉三字連起來讀，以爲這是揚雄自己給的題目，於是「因」而用之，把它譯爲 Barricade Hunt Rhapsody 了。這一類的解釋上的問題牽涉到對母語的直覺判斷能力，因而也是一般外國譯者最免不了要犯的。《揚雄》一書裏類似這樣的例子還有〈長揚賦〉裏的談到漢文帝躬服節儉「於是後宮賤瑇瑁而疏珠璣，卻翡翠之飾。……」這一段 Knechtges 譯爲 And then, in the rear palace he condemned the use of tortoise shells and removed all the pearls. He rejected kingfisher decoration… 「後宮」在中文裏可以作集體人稱來稱代替「後宮佳麗」，「賤瑇瑁而疏珠璣」的是那些後宮佳麗而不是文帝。Knechtges 可能沒有想到「後宮」的這個用法，以爲這句裏缺乏一個主詞，於是把上文的文帝引下來作主詞，後宮則變成了地點副詞 the rear palace，緊接著下文的 He rejected kingfisher decoration，除了主詞仍應是 they（後宮）而不是 he，之外還有的一個問題是「翡翠」在這兒是一種綠玉而不是 kingfisher（翡翠鳥）。「卻翡翠之飾」是說明後宮的樸實無華不佩帶玉飾而不是文帝辭卻了翡翠鳥（kingfisher 的唯一解釋）之飾，類似這樣的問題我們在書中還可以找到一些，在這兒不擬一一列舉。它們多數顯示了譯者對一個模稜句法或名詞在解釋上所需要的母語直覺，這種模稜因爲對於本國人來講不大存在，因此作注作疏的人往往不會特地加以注釋，外國譯者即使用功如 Knechtges 者每每在極偏僻的典故上不出岔卻在這種地方出了問題，是深爲可惜的事。但就全書的評價來論我們當承認這只是小疵，不足以掩其大瑜。

一九七七、五、十一《中國時報》出版界

# 附錄：揚雄賦的幾點商榷

## ——敬答康達維先生

〈揚雄之賦的研究簡評〉刊出後，《時報海外周刊》數月後曾刊出當時任教於西雅圖華盛頓大學的David Knechtges教授（漢名康達維）之覆文。本文係對該文之再討論。由於相隔時日過久，康教授原文已遺失，《中國時報》管理資料的先生為我在倉庫裏找得「塵滿面」而亦不獲，只能從闕。相與析疑而不能兩文併陳，甚是遺憾，在此也向康教授及讀者致歉。

拜悉先生十一月二十七日《時報周刊》所載〈給碧端先生的一封公開信〉，對拙文〈揚雄之賦的研究簡評〉有所質疑。評書而能得被評者相與析疑，其事屬金聖嘆「不亦快哉」之比。而先生態度之雍容與乎中文表達之流暢，在在使人愛敬。以下所論，非爲辯難，就教高明耳。

先生「信」中，有惠我以多聞者，如承告「翡翠」可作「羽飾」解一點，明我當初排除此解之偏頗，深可感謝。至其餘諸點，爰就先生原「信」先後論列，敢請再思：

一、先生申明對揚雄投靠新莽及作品多屬模仿兩點「從未打算洗刷」，且「絕非鄙人寫這本書的主要目的」，「鄙人寫這本書的主要目的在詳細檢閱揚雄的賦，以及先於揚雄時代辭賦發展的歷史」。

先生辯解此一問題緣由何在頗使人疑惑。「洗刷」者，「消除其負面意義」或「維護其正面意義」之謂。尊作 *The Han Rhapsody* 頁二引文申說揚子之賦雖多模擬但不足掩其創意，並提出不應以個人行為比附其作品價值。先生於此是否「不經意提及」（「信」中語），此先生寸心間事，非讀者外人所敢測，然其為洗刷則一。而由此種「洗刷」區區但見先生之高明，且拙文亦表同意。不知何以先生忽又對此高論洗之刷之，欲使泯滅不見？設先生疑拙文誤以此二點為尊作之「主要目的」，則先生過慮矣。拙文中先已明白指出「這本書以揚雄的四篇賦——〈甘泉〉、〈河東〉、〈羽獵〉、〈長揚〉——為主，並論及漢賦早期發展，揚雄的評價，及譯介其晚期若干短賦。」此一梗概之介紹相信與前引先生「信」中自謂之「寫這本書的主要目的」並無太大出入。（先生實可責我以拙文所說「極力洗刷」之

「極力」二字語氣太重，此則我所當「認罪」者。然先生不爲此而另顧左右，遂假我有利之機，此所謂「承讓」也，一笑。）

二、拙文謂「揚雄自己的模仿容或也有正面價值，他所光大（模仿其實不始於揚雄，司馬相如的〈上林賦〉其實已難逃模仿枚乘〈七發〉之嫌）的模擬之風使得晚期的漢賦完全是邯鄲學步的作品才是關鍵所在，揚雄之過在此不在彼。」先生據以相詰：「那麼漢賦模仿之過是否應先歸咎於司馬相如而非揚雄？」究諸史實，豈止「應先歸咎於司馬相如」而已，模擬之風可上溯至早於相如之晚期騷賦如嚴忌、賈誼等之仿騷體作品。拙文所以指出揚雄之過不在模擬而在其「光大」模擬之風，用意正在此。先生豈欲以全般責任加諸揚子乎？

先生又根據上引拙文質以「晚期的辭賦並非全屬模仿，試問張衡的〈骷髏賦〉、禰衡的〈鸚鵡賦〉、王粲的〈登樓賦〉等等是否也都是『邯鄲學步的作品』？」拙文之「漢賦」一詞所指係其體裁，一般又稱「古賦」（以與騷賦、駢賦等相對，如孫梅《四六叢話》之分法），即〈兩都〉〈二京〉〈上林〉〈子虛〉一類之賦作。先生既於信中改用「辭賦」一詞，其所指亦應相同。（倘以「辭賦」爲賦體通稱，則「晚期的辭賦」乃清代之八股文，此諒非先生本意。）然則張、禰、王諸作非「漢賦」明矣。張衡〈骷髏賦〉爲漢賦體之革命；開六朝詠物言志短賦之先河。體制上已非拙文所稱之「漢賦」，禰、王二人之作已是成熟之短賦，因而更不能稱「漢賦」，也自然並非拙文所謂之「邯鄲學步的作品」。反之，左思之〈三都賦〉其時代雖較前列諸氏爲晚，其體裁則是「漢賦」而其風格則完全是「邯鄲學步」。

三、〈羽獵賦〉與〈校獵賦〉問題：拙文認爲〈羽獵賦〉係正名，〈賦序〉之「聊因校獵賦以風之」應斷爲「聊因校獵，賦以風之」，不應將〈校獵賦〉三字連讀而據以爲賦題。先生於此自可不表同意，然先生所提出之不同意理由則大有待商榷：

其一，「校獵」一句所以應作如是讀，拙文所提說明如下：

「一般來說，『因』的字義雖有近於『用』，在這兒卻是介詞的性質而非動詞（一如《紅樓夢》裏『空空道人』讀了《石頭記》後『因空見色』只能解作『「自」空悟見了色』而非『「用」空來悟色』），揚雄這一句的主動詞應是『賦』而非『因』（只有在解釋爲『依照』『親近』一類意思的時候『因』字作主動詞用）。」

先生於是謂拙文「舉《石頭記》『因空見色』作證」而諄諄然以「漢代辭賦文法的結構與清代白話文爲骨幹寫成的《石頭記》不可相提並論，這是犯了基本語言訓詁學上的錯誤」相開導。然先生差矣。⑴《石頭記》雖以「清代白話文爲骨幹寫成」，「因空見色」一句並非「清代白話文」。⑵從拙文不難看出，「因空見色」一例並非用爲「校獵」一句「作證」而是為「因」字介詞用法之說明舉例，所以舉此作例者，以其較為一般人熟知而易於判斷其文法性質而已，與「校獵」一句之效度（validity）並不相干。而所謂「作證」者，甲前提之成立建立於乙前提之成立上時，方可稱以乙前提之成立為甲前提作證。「因空見色」與「校獵」二句之間並無此種關係，是以無「作證」之可言。反之，先生欲使拙見不能成立，「基本語言訓詁學上」至少須就下列二辯證途徑擇一而行：

甲、舉證漢代「因」字於類似句法中可用為動詞。

乙、證明漢代「因」字於類似句法中不可用為介詞。

先生無一語及此而於下文遽謂「鄙人認為『聊』為副詞『因』當作動詞用」，（「聊」為副詞其理至顯且全不相干，不知先生何以提出？）先生之意直是凡清人能作此用法已足為漢人必不能作此用法之明證，此種推演，恕區區不恭，乃真「犯了基本語言訓詁學上的錯誤」——更確切言之，則是「邏輯辯證上的錯誤」；蓋先生並未提出任何語言訓詁例證也。

先生未提出任何例證，此或先生一時疏忽。而就區區之見，此種例證恐若非無處可求（前述甲辯證途徑），卽屬無成立可能（乙途徑）。倘甲辯證成立，則「因」字必可作主動詞，因字可作主動詞則「聊因校獵」（或依足下之意，「聊因〈校獵賦〉」）便自成完整之「句子」。而然以先生中文造詣之深，自無看不出此二句均「不成話」之理，其僅為副詞片語

(adverbial phrase) 作爲全句之一部分（借用 Charles J. Fillmore 之 Case Grammar 則可稱之「工具格」Instrumental Case）事至明顯。（此點，拙見謂此句主動詞爲「賦」已如前述，倘先生〈校獵賦〉三字連讀之說成立，則主動詞當爲「風」，「因」字仍爲介詞。）有關「因」字介詞用法文法家已多所討論，楊伯峻《中國文法語文通解》，楊樹達《高等國文法》均舉例甚詳，楊伯峻氏《文言語法》一書中「介詞和動詞的介限」一節於區分介詞與動詞有簡明而精到之說明，先生倘不憚煩，盍一閱之？至於欲使前述乙途徑不能成立，區區但舉一、二以「因」作介詞用之漢人語例即可，《史記・孫子列傳》之「善戰者因其勢而利導之」（「因」爲介詞，「導」爲動詞），《漢書・趙充國傳》「急因天時大利吏士銳氣以十二月擊先零羌」（「因」爲介詞，「擊」爲動詞）均是。

其二，〈羽獵賦〉最原始資料一爲〈賦序〉，一爲班固〈傳贊〉。二者均見《漢書》卷八十七。先生以爲〈傳贊〉不可信，當以〈賦序〉爲準，「至於班固〈揚雄贊〉文何以不從揚雄〈賦序〉的原文，正是鄙人曾深究的問題之一。」先生「深究」之心得爲何區區雖不可得而聞，然近日卻因檢覽《漢書・揚雄傳》，發現先生所目爲揚雄自爲之〈賦序〉，原亦出自班固手筆（此區區前文亦不之察）。蓋傳中夾敍夾引，後人以爲「自序」者實每班固之「他敍」，此點於〈羽獵賦〉尤爲顯然。倘吾人以班敍爲揚序，則此賦竟有二「序」——「其辭曰」以前包含「聊因校獵，賦以風之」一段爲一「序」，以下至「其頌曰」爲另一「序」，此殊悖常理。再詳則《文選》張詵注已見於此而於〈羽獵賦〉揚子雲名下注曰：「此賦有兩序，一者史臣序，一者雄賦序也。」先生以爲出揚子手者實卽「史臣序」。卽令先生斷句之說成立，同屬班固之「羽獵」「校獵」二名孰者當從仍爲疑問。而區區以爲當以「羽獵」爲正名者，蓋以傳贊乃生平之總結，其中臚列之作品題目，自應爲定名。至傳中敍文，除斷句之問題外，睽諸史家體例，可知不盡可以作憑。試檢《史記・司馬相如列傳》，其中〈子虛賦〉敍文卽有「此乃諸侯之事，未足觀也，請爲天子游獵賦，賦成奏之……」之語，我人既不因之而改〈子虛賦〉爲〈游獵賦〉則何獨愛於以「校獵」代「羽獵」？至於先生以爲現存最早資料之《漢書》尚且不足信，而信從宋之王應麟、司馬光乃至今人諸作，此先生一時於「基本訓詁學」有所不週也，縱不足爲病，或亦不免是小疵。

草草如上，未審能得先生首肯否？先生高明，倘有以教我，當敬拜納焉。

一九七八、二、十二《時報周刊》讀書與出版

# 代跋——文學門外歲月

這是應《幼獅文藝》的「文學門外歲月」專欄所寫的一篇文字。因爲也算是自己怎麼與書結不解之緣的一點交代，放在這兒聊爲書跋。

我對著這樣的題目躊躇再三。什麼是文學的「門裏」和「門外」呢？初識得一點散文或詩詞的好處，能體會一點閱讀的趣味後，一個人，恐怕就算踏入文學的「門裏」了。這一踏入後，在什麼情況下他才又會出了「門外」呢？忘了文學嗎？拒絕文學嗎？

我每回被人找去談有關讀書的題目，就忍不住想起達爾文，那位首先創說進化論的生物學家達爾文。他大概要算是進了文學的門裏，卻「忘了」文學的好例子。因爲他曾在晚年寫自傳時，遺憾自己在三十歲以後就逐漸疏遠了年輕時所熱愛的莎士比亞戲劇，和雪萊濟慈等浪漫詩人的詩，等到驚覺時發現竟已經「讀不下去」了。不但文學作品讀不下去，他說自己幾乎是全面地失去了對於較高層次的藝術和美的品味能力，「我的心似乎變成了一個從大批現象中去歸納定理的機器了。但何以這就使得我主宰美感的那一部分腦子萎縮，我卻眞不明白。」他這樣慨嘆。

然而達爾文並不是從門內又出了文學門外，他只是身在門內而關閉了對文學的接觸管道。

究竟，那麼，什麼情形才是在文學門外呢？恐怕只有在一個人還沒有體會過任何「文學」的趣味的時候——有些人終生不曾識字，有些人雖識幾個字但從沒機會認識文學，也有人接觸到文學作品卻不起任何反應。是的，這些是文學門外的情形，可是，這樣的「門外」也就沒有什麼可寫了。我是很早就被文學或「類文學」吸引的那種人，認字識書以後，差不多很快的就被吸引到「門內」——當然並不是「入門」了——門裏門外跟我在什麼時候是不是文學院的學生，是不是文學院的教授可以說沒有什麼關係。

我認字極早。至今還記得幼稚園時期讀到過的一些社會新聞。隨著認字，一個人其實也就打開了他所有的對外接收頻道。這個時期的「文學」是非常廣義的，許多你自己日後可能貶之爲陳腔濫調的東西，在這時都可能因爲自己對世界認識的純然空白，而有極強烈的感染力——那樣的感染力，二、三十年後往往即使絕對一流的經典也不一定能達到。

是的，我記得最早偶然讀到的創作——報紙副刊的連載或散文，桌几上有人隨手放置的小說……作者篇名都早忘了，當中某一個鮮明的意象，某一個美麗的景致，都對一個剛開始透過文字媒介來認識世界的小孩產生了難以磨滅的印象，擴充了她對耳目感官世界之外另一個廣大世界的想像。

我在念小學的階段，大概就這麼胡亂地什麼都讀。重要的古典章回小說都是這時讀了的，許多當代作品也是這麼讀了的。我對民國四、五〇年代作品的熟悉度，常使比我年長許多的人吃驚，主要便是因爲在同年齡或年歲較長的人都還只讀課本的時候，我已經蹣跚走進文學的「門內」，已經有一點「讀者」的規模了。

中學的六年也許是個更關鍵的入門期。我在臺北一女中念了六年書（我是最後一屆在女中念六年的。初中畢業那年，一女中便因九年義務教育的變革取消了初中部），一女中雖是公認的全國首善之校，但在那經濟還沒起飛的年代，它的圖書設備實在簡陋得不能置信。整個圖書「館」就是兩間教室權充的，一間是書庫，一間作閱覽室，中間隔著的一列櫃臺，就是塡單借書的所在了。當時一女中規定每個班級一星期中只有一個時間可以辦理借書——也許應該叫做「換書」：你得把上週借的書還回去，才能換一本借出來。而容許借書的時間往往就是下課的十分鐘，這匆忙的十分鐘裏小小的櫃臺前因此往往圍了一圈又一圈要「換書」的同學。櫃臺裏管事的人搬了一落書在手邊，加上有人還回去的，一本一本揚起大聲問：「這本誰要？」要的人不但得眼明手快，聲音也得大，才搶得到。我因爲常落在人牆的外圍，只有別人遲疑不搶的書，我才有機會借到。有時是兩大册疊在一起的《戰爭與和平》，有時是康德的《純粹理性批判》，有時是《宋詞通論》……。而因爲不管部頭大小，喜歡不喜歡，下星期你得把它們交回去才能換出別的，因此總會在這週裏仔細翻讀一過才甘心送走。北一女中的六年，在因匱乏而生的「壓力」下，差不多使我把當時的整個館藏都認識了一遍，其中佔最大比例的應該是西洋翻譯小說。高中畢業那年，全校師生加上校友，合力爲一女中募捐蓋一座圖書館大樓，我們在校時只看見興工大動土木，不及看到落成，前幾年我有次回去作一個演講，地點就在圖書館內，是從前那兩間教室的空間上建起來的，距離我們圍著一圈圈人牆搶借書的時光已經是二十年以上。二十年時光當然使我一步步陷入文學的堂奧，「門外」早已是看不見的地方，但是那六年穿綠制服的「慘綠」少年歲月，到底曾因書，因書中的文學心靈而豐富。

許多從事文學工作的人，也許會把進大學、選擇了文學科系作爲他們結束「門外」期的分界點。我有一個全然不一樣的經歷。我在臺大法學院念了兩個政治學的學位，我也修了不少文學院的課。但這和門裏門外，恐怕是全不相干，當然這是就一個人對文學作品的喜愛接觸，不是就他完成的學分得到的學位而言的。莎士比亞沒有做過文學院學生，我們有了新學堂以後第一批產生出來的作家裏，最重要的小說家魯迅和最重要的詩人徐志摩都不是文學院造就的，美國當代最偉大的兩個小說家海明威和福克納也都沒有經過學院洗禮（福克納念了幾個月「大一」）。學院和所謂文學的「門裏」實在是一層薄弱的關係。

在臺大的七年，我仍是那個不斷讀雜書的人。我不需要站在人牆外搶書借了，我的本科要求我讀許多法制規章和史料的專書，我那久在文學門內的習慣則繼續維持著我讀詩讀小說散文的步調。

在臺大的日子正是存在主義風行成大學生的身分裝點的時期，而以臺大師生爲班底的《現代文學》則像個強勢風潮，已經塑造了校園文藝的品味。這樣的背景，對應了念書時一起辦雜誌、組社團、高談闊論的朋友，和法學院的本科訓練，使我的「文學氣質」得到一個不同質的平衡，也使我日後雖然下決心成爲文學的學院中人，出國後再修的是文學學位，但思考的角度，涉獵的範圍都與多數文學中人不同。日後頂著的文學博士頭銜使我也許當然地可以說是告別了「文學門外」的歲月，於我自己，我只是持續著門裏的方向，這方向，自初識文字的蒙昧年歲開始，就未嘗有過改變。

而那門的「檻」，也是在起步之初就已經跨入了的。我甚至不能想像我如果選擇了別的專業，會像達爾文一樣把文學的接觸管道關閉了。

一九九二、十二《幼獅文藝》四六八期

# 三民叢刊書目

1. 邁向已開發國家　孫　震著
2. 經濟發展啟示錄　于宗先著
3. 中國文學講話　王更生著
4. 紅樓夢新解　潘重規著
5. 紅樓夢新辨　潘重規著
6. 自由與權威　周陽山著
7. 勇往直前　石永貴著
8. 細微的一炷香　劉紹銘著
9. 文與情　琦　君著
10. 在我們的時代　周志文著
11. 中央社的故事（上）　周培敬著
12. 中央社的故事（下）　周培敬著
13. 梭羅與中國　陳長房著
14. 時代邊緣之聲　龔鵬程著
15. 紅學六十年　潘重規著
16. 解咒與立法　勞思光著
17. 對不起，借過一下　水　晶著
18. 解體分裂的年代　楊　渡著
19. 德國在那裏？（政治、經濟）　郭恆鈺、許琳菲等著
20. 德國在那裏？（文化、統一）　郭恆鈺、許琳菲等著
21. 浮生九四　蘇雪林著
22. 海天集　莊信正著
23. 日本式心靈　李永熾著
24. 臺灣文學風貌　李瑞騰著
25. 干儛集　黃翰荻著
26. 作家與作品　謝冰瑩著
27. 冰瑩書信　謝冰瑩著
28. 冰瑩遊記　謝冰瑩著
29. 冰瑩憶往　謝冰瑩著
30. 冰瑩懷舊　謝冰瑩著
31. 與世界文壇對話　鄭樹森著
32. 捉狂下的興嘆　南方朔著

三民叢刊33
猶記風吹水上鱗
余英時 著

本書以紀念錢賓四先生的文字為主，賓四先生為一代通儒，畢生著作無不以重發中華文化之幽光為志。透過作者的描述，我們不僅能對賓四先生之志節與學術有深入的認識，並對民國以來學術史之發展有一概念。

三民叢刊34
形象與言語
李明明 著

藝術是以形象代替作者的言語，而在形象與言語之外，仍還有其他種種相關的問題。本書作者從藝術與時代、形式與風格、藝術與前衛、藝術與文化五個方面剖析西方現代藝術，使讀者能對藝術品本身及其相關論題有一完整的認識。

三民叢刊35
紅學論集
潘重規 著

本書為「紅學論集」的第四本。作者向來主張《紅樓夢》一書為發揚民族大義之書，數十年來與各方學者論辯，更堅定其主張。本書為作者歷年來關於紅學討論文字的總結之作，也是精華之所在。

三民叢刊36
憂鬱與狂熱
孫瑋芒 著

輕狂的年少，懷憂的中年，從鄉下的眷村到大都會的臺北，從愛情到知識，作者以詩意的筆調、鋪陳豐饒的意象，表現生命進程中的憂鬱與狂熱。以純藝術表現出發，而兼及反應社會脈動，不但樹立了獨特的個人風格，也為散文藝術開拓了新境界。

三民叢刊37

黃昏過客

沙究　著

「爲樸素心靈尋找一些普通相的句子」沙究在獲得時報短篇小說推薦獎時曾對他的寫作有如是的感言，他的作品就是最好的實踐。本書將帶領您從浮生衆相中探索人類心靈的面貌。

三民叢刊38

帶詩蹺課去

徐望雲　著

我們都或多或少的讀過現代詩，但對現代詩的了解卻很少，於是許多譁衆取寵的文字便假借現代詩的名義出現，讓「詩人」成爲一種笑話。本書以輕鬆的筆調、嚴肅的心情，引導讀者更接近、更了解現代詩。

三民叢刊39

走出銅像國

龔鵬程　著

「有筆有書有肝膽，亦狂亦俠亦溫文」，身處時代之中的讀書人，傾聽時代之聲，即使漠然獨立，又豈眞無關切奮激之情？看龔鵬程如何以慷慨纏綿之筆，爲當今的社會文化現象把脈，提出處斷的良方。

三民叢刊40

伴我半世紀的那把琴

鄧昌國　著

本書爲作者歷年來對工作及生活的感懷之作。作者以深厚的音樂素養和經歷，娓娓細訴生命中的點點滴滴。一把琴，陪伴走過半世紀的歲月滄桑，樂音寄託壯志，也撫平了激越胸懷。

三民叢刊41

深層思考與思考深層

劉必榮　著

本書收錄作者過去三年多在中國時報所發表的社論、專欄，以及國際現場採訪報導。不僅是世紀末的歷史見證，也代表了臺灣新一代知識分子，對國際局勢的某種思考與詮釋。

三民叢刊42

瞬間

周志文　著

在本書蒐集的短論中，作者以敏銳的觀察來分析這個急遽變化的世界，試圖找尋一些既存於人類心靈的永恒價值，這些價值並不因現象世界的崩解而全然消失，反而藉著不斷的試煉、考驗而更具體地存在。

三民叢刊43

兩岸迷宮遊戲

楊渡　著

本書收錄作者對兩岸關係一系列的分析報導。作者以新聞記者敏銳的觀察力，探索臺灣命運與前途，並試圖帶領大家由「統獨」「兩岸關係」的迷宮中走出來。

三民叢刊44

德國問題與歐洲秩序

彭滂沱　著

近一世紀來，德國的興衰分合不僅影響了歐洲的政治秩序，也牽動了整個世局。本書以「德國問題」的本質爲經，以歐洲秩序的變化爲緯，探索一八七一年至一九九一年間德國與歐洲安全體系的關係。

三民叢刊45
文學關懷
李瑞騰 著

本書作者長期關懷文學的存在現象與發展趨向，十年來除學術性論述以外，更不時以短文形式直指文學現實。其所爲文，或論本質、或析現象、或記實踐，上下古今，縱橫馳騁。作者筆意凝練，文風篤實，本書六十幾篇短文皆有可觀者。

三民叢刊46
未能忘情
劉紹銘 著

充實的人生，不必帶有什麼英雄色彩或建立什麼豐功偉績。如果我們遇到難以忘情的機緣時，能夠認識其滋潤生命的價值，人生就不會白活。本書作者即以此爲觀點，記錄人生種種未能忘情的機緣巧遇，文字流暢而富感情，讀來著實令人著迷。

三民叢刊47
發展路上艱難多
孫震 著

本書回顧了過去五、六年間臺灣經歷的經濟、政治、社會等種種變局。作者衷心期望臺灣在經濟發展、社會富有之後，能建立一個富而好禮的社會，而不是熱中私利、踐踏他人尊嚴的貪婪社會。

三民叢刊48
胡適叢論
周質平 著

本書是作者最近三年來有關胡適研究的論文集。文中以胡適爲中心，對五四以來科學與民主思潮的內涵進行分析；對整理國故、民主與獨裁等論爭加以探討；並將胡適與馮友蘭、趙元任、魯迅做比較研究。期能爲研究胡適的學者提供一些方便。

三民叢刊49

水與水神

王孝廉 著

從泰國北部的森林到雲貴高原的村落……從漢民族到少數民族，從神話傳說到民俗信仰……行萬里路固然是爲了好玩和興趣，也爲了保存民族文化的精髓。本書爲作者近年來關於中國民族和人文的文字總集，深情與關懷俱在其中，值得細細品嘗。

三民叢刊50

由英雄的人到人的泯滅

金恒杰 著

本世紀初法國作家筆下的人物還散發著英雄的氣味；存在主義與起，代之而起的是有一張惶惶然不可終日的面目的人；在近期新小說作家筆下，人的世界甚或被化約成物的世界。本書即透過對各時期作家及其作品的評介，揭示人類心靈不斷探索的過程。

三民叢刊51

重商主義的窘境

賴建誠 著

本書收錄作者近幾年發表的非學術性文章，內容環繞著四個主題：評論當時臺灣經濟與學術界的問題；五篇分析式的書評；對兩位臺灣學術界人物的追憶，以及解說法國年鑑歷史學派兩位創始人的特殊關係；介紹法國學術界與文藝界的一些人與事。

三民叢刊52

中國文化與現代變遷

余英時 著

自十九世紀以來，中國遭受了千古未有之變局，在西潮的衝擊下，中國傳統文化有了那些變化？知識分子又如何肆應此一變局？作爲一個思想史學者，作者對這些問題展現了深刻的觀察和思索，彙集成爲本書。

三民叢刊53

橡溪雜拾

思果 著

本書為作者近年來旅美讀書心得、生活觀感。作者人生經歷豐富，觀察入微，涉筆成趣，說理深入淺出。觀世的文章，卻沒有說教的味道，詼諧之文寫來沒有做作的痕跡。有美麗如詩的短文，也有談論科學知識的篇章。適合各階層讀者加以細讀品味。

三民叢刊54

統一後的德國

郭恒鈺 著

兩德統一不是西德用馬克吃掉東德，也不是聯邦德國版圖的擴大，而是兩個政經體制完全不同的國家及人民的重新整合。本書從這個角度出發，介紹統一後的德國在經濟、政治、法制、教育以及意識型態等多方面所遭遇到的諸多問題。

三民叢刊55

愛廬談文學

黃永武 著

本書以中國文學詩歌為主體，為維護中國文字的正體字而大聲疾呼；為光揚中國古典詩在現今美學中的價值而細心闡發；對於敦煌新發現的寫卷資料，也用淺顯筆法作應用的示範；對西洋星座起源的追索以及對「圖象批評」的分析，均極具啟發作用。

三民叢刊56

南十字星座

呂大明 著

人生是一段奔馳的旅程，生命的列車載著你、我向四野茫茫的時空飛奔……當你在生旅中奔馳，請為這本小書逗留片刻，書中有人間至情、生活的哲思、美的闡釋、文學盤古的足音，有清純如童謠般的吟唱，也有鐫心的異鄉情懷……。

三民叢刊57
重疊的足跡
韓　秀　著

因爲一份眞摯的愛，對文學，對那塊廣袤的土地，對那些親如手足的人；所以有了理解，有了同情，有了尊敬；那怕是擦身而過，也會留下痕跡，留下感觸。本書作者以親身經驗寫她和十多位作家的交往，爲當代中國文學史添加幾頁註腳。

三民叢刊58
書鄉長短調
黃碧端　著

本書內容包括文學隨筆、新書短評、域外書介三部分。作者藉由理性的角度、感性的筆調，評論了近幾年來出版的一些小說，兼論及文學界的一些人與事，並對中文西譯的困難展現出相當程度的關懷。

三民叢刊59
愛情・仇恨・政治
朱立民　著

本書論及四部莎士比亞悲劇裡的各類問題：如朱麗葉的父親對悲劇發生的責任、奧賽羅黑皮膚的反諷、漢姆雷特內心的衝突、勞倫斯奧立弗如何改編莎劇及柴弗瑞里如何處理漢姆雷特的戀母情結等等。

三民叢書60
蝴蝶球傳奇
顏匯增　著

本書所力圖企及的絕非所謂的「魔幻寫實主義」，而是企圖尋找一個眞正屬於「紙上文字世界」的經驗。作者認爲唯有從紙上經驗「本身」獲得眞實的感受，才能在諸般迥異於文字世界的世界中，洞見出眞正活生生的東西……

三民叢書61

文化啓示錄

南方朔　著

目前的臺灣正在走向加速的變革中，相應的是一切變革之後的「文化」改變卻明顯的落後太多。「文化」與現實的落差是作者近年鍥而不捨於「文化」問題的原因，本書則是提供讀者一個思考的空間。

國立中央圖書館出版品預行編目資料

書鄉長短調／黃碧端著. --初版--臺北市：三民，民82
面；　公分. -- (三民叢刊；58)
ISBN 957-14-1981-8（平裝）

1. 中國文學-論文，講詞等

820.7　　　　82003555



著　者　黃碧端
發行人　劉振强
著作財產權人　三民書局股份有限公司
印刷所　三民書局股份有限公司
地址／臺北市復興北路三八六號五樓
郵撥／〇〇〇九九九八——五號
初　版　中華民國八十二年六月
編　號　S 81066
基本定價　叁元柒角捌分
行政院新聞局登記證局版臺業字第〇二〇〇號



ISBN 957-14-1981-8（平裝）